光文社文庫

ショートショート・ベスト選集

あざやかな結末

「謎（ミステリー）」3分間劇場①

赤川次郎

光 文 社

●赤川次郎ファン・クラブ「三毛猫ホームズと仲間たち」にて会員からタイトルを募集し、会誌「三毛猫ホームズの事件簿」のために赤川次郎氏が書下ろしたショートショートは、光文社文庫から『散歩道』（二〇〇二年二月刊）、『間奏曲』（二〇〇六年一二月刊）、『指定席』（二〇一二年八月刊）、『招待状』（二〇一七年二月刊）が刊行されています。

本書は、この四冊からテーマ別に作品をセレクトし、スペシャル収録作品を加えて再編集したものです。

●スペシャル収録作品は、赤川次郎氏の単著の短編集に収録されていない、これまで読者の目に触れる機会が少なかったものです。

「謎(ミステリー)」3分間劇場①

あざやかな結末

——目次

熱すぎたおしぼり

私に限ったことじゃないかもしれないけれど、まずいことっていうのは、起ってほしくない時に限って、起るものだ。

この日もそうだった。——といっても、何のことだか分らないだろうから、一応順序立てて説明することにしよう。

私は「リエちゃん」と呼ばれている。これは私が働いているレストランだけで通用するニックネームだ。

レストランなんていったって、食事のメニューは、カレーだのハンバーグだの、五、六種類しかなくて、まあ喫茶店がついでに食事も出してるようなもの、と思えばいい。

働いているのはマスターと私の二人だけ。当然、料理を作るのはマスター一人で、私はウェイトレスに徹している。

私だって料理ができないわけじゃないのだが、まあ人様に出せるか、と訊かれれば、自信はない。「運び役」に徹している方が、平和というものだ。

午後の三時半を少し回ったところで、店は一番空く時間だった。

「リエちゃん、じゃ、ちょっと頼むよ」

マスターは、私に声をかけて出て行った。

奥さんが働きに出ているので、マスターは、いつもこの時間になると、子供を幼稚園に迎えに行く。といっても、車で五、六分の距離だから、せいぜい十五分もあれば戻って来るのだ。

ただ、その間、店は私一人になる。——そんな時に限って、

「カレー！　大急ぎで！」

なんて客が飛び込んで来たりするのだが、今日は大丈夫だろう。

今、店には三人の客がいた。——一人は顔なじみの中年の男性。自由業らしいが、何をしているのか、私は知らない。

それから、買物帰り、という様子のおばさんが一人。重そうな荷物をわきに置い

て、店の週刊誌をせっせと読みあさっている。

もう一人は、いかにも人当りのいいセールスマン風の男性。カレーを食べていても、ピンと背筋を伸して、姿勢がいい。

ともかく三人とも、注文の品は出ていたし、もし飲物を追加されたとしても、私一人でやれる。だから私は至ってのんびりと構えていたのである。

「あ、そうだ」

私は思い出して、店の表の、ランチメニューを外しに出た。ランチタイムはもう三時に終っていた。

「ちょっと……君……」

何だか変な声が聞こえた。振り向いてみたが、誰もいない。

首をかしげて店の中に戻ろうとすると、

「君……ここだ……」

やっと分った。少し先の郵便ポストのかげに誰かがうずくまっているのだ。

「――何ですか？」

と、私は用心しながら近付いたが……。

「どうしたんですか?」

と、びっくりして訊いたのは、その男が真青になって、顔に汗を一杯に浮かべていたからだった。

「すまん……」

と、その男は、苦しげな声を出して、「頼みを……聞いてくれ」

「あ、あの——具合悪いんでしょ。今、救急車を——」

「待ってくれ!」

その男は、上衣のポケットから、何かを出して見せた。

「——警察の人?」

「そうなんだ……。ここまで尾行して来て急に腹が……。伝えてくれ、君の店に……」

「え? 私の店って……。その喫茶店?」

「そうだ。その店に——」

と、その刑事は、苦しげに、絞り出すような声で言った……。

「――コーヒーちょうだい」

と、言ったのは、買物帰りらしいおばさんだった。

「はい」

店に戻った私は、急いでコーヒーをいれながら、必死で自分を落ちつかせようとしていた。

マスターはまだ戻らない。たぶん十分ぐらいはかかるだろう。

三人の客は、みんな食事を終っている。コーヒーを頼んだおばさんはともかく、後の二人は、すぐに席を立ってもおかしくないのだが……。

どうしよう？　――私は困ってしまった。

あの表の刑事のことは、すぐ隣（となり）の果物屋さんに頼んで来たのだが、それにしても……。

この三人の中に、手配中の凶悪犯がいる。警官を呼んで、引き渡してやってくれ、と――あの刑事は言ったのだが。

さて、この三人の客の中の誰なのか、それを言わない内に、刑事は失神しちゃったのだ。

警察にも連絡したから、たぶんもうすぐ警官が駆けつけて来るだろうが、その時に何と言えばいいだろう？

それに——今すぐ店を出られたら、止めるわけにいかない。

引き止めておくといったって、三人の内、誰がそうなのか分らないのだから……。

私はともかく、そのおばさんにコーヒーを運んで行った。

「——どうも」

週刊誌から目を離さない、このおばさんが凶悪犯とは思えないが……。でも、そうは言い切れない。

「——コーヒーでもいかがですか」

と、セールスマン風の男性に、皿をさげながら言ってみる。

「おお、そうだね。いただこうか」

それを聞いて、もう一人の顔なじみの男性も、

「僕ももらうよ」

と言った。

これで、三人ともあと何分間かは店を出ないだろう。

しかし――この中の誰が？

全く、せめて男か女かでも言ってくれりゃ、まだ確率は高くなるのに……。

警官が来るか、それともマスターが帰って来てくれたら、と心の中で願っても、コーヒーをカップへ注ぐのに、何分もかかるわけじゃない。

現に、そのおばさんは、もうコーヒーを飲み終えて、週刊誌の記事にはまだ目をやっているが、バッグから財布を取り出そうとしている。私は、焦った。

そして――目が向いたのは、おしぼりを加熱しておくスチーマーだった。

「――どうぞ」

二人の男性にコーヒーを出し、同時に私はおしぼりを出した。もう一人のおばさんのテーブルにも。

「あら、どうも」

と、おばさんは週刊誌を見ながら手をのばして……。

「ワッ！」

と、あのセールスマン氏が、声を上げて、おしぼりを放り出した。

「キャッ！」

おばさんが、シートから飛び上った。「熱い！」

「おい、何のつもりだ！」

あの人当りのいいセールスマンが、打って変って顔を真赤にして怒鳴った。「やけどするところだったじゃないか！」

「そうよ！　――見て！　荷物が落ちちゃったじゃないの！」

おばさんの方も、爆発寸前というところ。

「卵が入ってるのよ！　壊れたら、弁償してもらいますからね！」

「何とか言え！」

二人に詰め寄られている時、店の扉が開いて、警官が飛び込んで来た。

「通報があったので――」

「お巡りさん」

私は、ホッと息をついて、「あの人、調べて下さい」

と、指さした。

あの顔なじみの中年男性を。

「——当って良かった」

と、私は言った。

「リエちゃんのお手柄だな」

とマスターが笑顔で言った。「しかし、どうしてあの客だと思ったんだい？」

「おしぼりを熱いまま、全然冷まさないで出したんです」

「そりゃ熱かっただろうな」

「ええ、他の二人のお客は怒り出しました。でも、もし手配中の犯人だったら、できるだけ人目につくことは避けるはずでしょ？　人と喧嘩したり、大声で騒いだりしたら、人目をひきますから。——凄く熱かったはずなのに何も言わなかったのは、あの人だけだったんです」

「なるほど。——リエちゃんの推理が当ったってわけだ」

マスターは肯いて、「しかし、他の二人のお客をタダにしちゃったのは、まずかったね」

「大丈夫です」

「というと？」

「ちゃんと、あのお巡りさんに請求書、渡しときましたから」

と、私は言って、ニッコリ笑ったのだった……。

（初出・「三毛猫ホームズの事件簿」一四号・一九八八年）

ひな祭り騒動

私、頭に来ていた。

本当に、メチャクチャ頭に来ていたんだから！

「お節介（せっかい）にもほどがある！」

と、私がバスを降りて歩きながら言うと、一緒に歩いていた同じクラスの千晶（ちあき）が、クスクス笑って、

「まだ言ってんの、舞（まい）ったら」

「言いたくもなるでしょ！　聞いたことないわ、あんな親父（おやじ）！」

私は、八つ当り気味に、学生鞄（かばん）を振り回しながら言った。

父親のことを「親父」とは、まあ女子校に通う「お嬢様（じょうさま）」としては、少々ふさわしくない言い方だったかもしれない。でも、もともと私は共学の高校へ入りたか

ったのだ。

　それを、

「舞は、おとなしいから、乱暴なことをさせる学校はだめだ」

と、強引に中学校からずっと女子校へ押し込んじまったのは、他ならぬ父である。

「でも、大したもんだね」

と、千晶が感心した様子で、「よく調べあげたね、舞の付合ってる男の子、全部」

「ちょっと、ちょっと」

と、私は千晶をつついて、「それじゃ、まるで私にボーイフレンドが何十人もいるみたいじゃないの」

「でも、十人は下らないでしょ」

「ちょっと口きいたぐらいの子まで入れて、の話よ。――信じられない！　どうやって住所調べたんだろ」

「まめな人なのね、舞のお父さんって」

　確かにね、それは言える。

　一人っ子の私を、父は可愛がってくれている。でも、子供をお風呂に入れたり

（お断りしておきますが、小学校の四年までだよ！）、時にはお料理までしてしまったり、という器用さは、父の持って生れた性格というものだろう。

母が呑気で、年中外出している分、休日には買物までして来たりする父のことを、私は好きだった――いや、今だって、別に父が嫌いってわけじゃない。

でも……。

「一体、全部で何人の子に送ったのかな、チョコレート？」

と、千晶は言った。

「少なくとも、七人。現在までにはっきり分ってるだけでね。噂とか、他から伝わって来た情報じゃ、その倍はいるみたい」

「じゃ、十四、五人？」

「その分、こづかいくれりゃいいのに」

と、つい本音も出てしまう。

――事の起りは、バレンタインデーであった。

いくら女子校といっても、ボーイフレンドの一人や二人、いない子の方が珍しい。特に演劇部で、二年生、副部長をつとめている私は、他校の男の子と会う機会も多いので、男の子の友だちは結構多い方である。

その代り、「これぞ！」って子にはまだ出会っていないので、今年のバレンタインデーも、

「義理チョコなんぞにつかう、むだなお金はない！」

と、一個もチョコレートは買わなかった。

ところが――この二、三日、色んな男の子から、電話が入り、手紙も来て、私は首をかしげてしまったのだ。

中には、

「今度、一泊で旅行しようよ」

なんて申し込みまであったり、と思うと、逆に、

「君の気持は嬉しいけど、僕はA子と付合ってるんで……」

なんて、頼みもしないことを断られたりして……。

初めは誰かのいたずらかと思って、当ってみたのだが、どうもそんなに大量のチョコレートを買って送るほど、懐の豊かな子はいないし、妙な話だった。

そして、たまたま今日――あ、そうだ、今日はひな祭りである――クラブの用事

で、うちの学校へ来た男の子が、私から来たというチョコレートと、それについていたカードを、見せてくれたのである。カードの文句は、別にどうってことのない〈親愛なる――〉ってメッセージだったが、その文字を一目見て、私には分った。

　女性っぽい、やわらかい字だが、それは、父の筆跡だったのである。頭に来た私は、学校から、父の会社へ電話してやった。父は、

「そうか。で、何人ぐらい、返事をよこした？」

　と、呑気に訊いて来た。

「冗談じゃないわよ！　何のつもりなの？」

　と、怒ってやると、

「だって、お前、女子校だし、なかなかボーイフレンドもできないんじゃないかと心配だったんだ。クラブで忙しくて、日曜日も学校だろ？　だから、この間、お前の手帳の住所録をコピーして、そこに出てた男の子に、全部チョコレートを送ったんだよ」

「何ですって？」

「そうすりゃ、お前も、大勢の中から、好きなのが選べるじゃないか。選択の幅は広い方がいい」

「大きなお世話よ！」

と、大声で怒鳴って、電話を切ったら——ここは家じゃなかったんだ、ということに、思い当った。

学校の事務室中の人が、みんな唖然として、私のことを眺めていた。

「——じゃ、また明日ね」

と、家の前で、千晶は手を振って、「おひな様、飾ってくれた？」

「もちろん」

と、私は少々うんざりしながら、肯いたのだった……。

——父は、「決りごと」にやたらこだわる人である。おそらく例のチョコレートにも、その性格が影響しているのだと思う。

お正月には、お雑煮を食べて、とか、初詣、初夢、書き初め……。何でも、

「長い間の決りごとには、それなりの理由があるんだから、守らなきゃいけない」

ってのが、父の持論だった。

でもねえ……。
空っぽの家へ上って、明りを点けると、どっしりと七段飾りの本格的、おひな様。
小さいころは、友だちの家より立派だというのが嬉しかったが、今となっては
——。
このおひな様を今日、全部ばらして、箱に詰めるのかと思うと、ため息が出る。
ひと仕事なんてものじゃないのだ！
——今夜は母も帰りが遅いはずなので、のんびりとソファに寝転がっていると、
電話がかかって来た。
「はい——ええ、そうです。——私、娘ですけど……。——は？」
私はソファから飛び上った。——父が倒れて、救急車で病院へ運ばれた！
私は、母あてのメモを残して、家を飛び出したのだった。
「——まあ、過労だと思いますがね」
と、医師が、眠そうな顔で言った。「今のところ、特に心配することはありません」

「どうも」

と、母が、頭を下げる。

もう夜中だ。そろそろ十二時を回ろうとしている。

父は、眠り続けているようだった。――病室は、静かだったが、ベッドのそばに座っているのは、やっぱり落ちつかないものだ。

「お父さん、栄養失調だったんじゃない?」

と、私は言った。「いつもお母さんいなくて、カップラーメンとか食べてるから」

「まさか」

と、母は少々情ない顔で、「でも、そんなに疲れてたなんて、全然気付かなかったわ」

「私も……」

私と母は、いささか胸を痛めていた。――日ごろ、父の体のことなんか、あんまり気にしたこともなかったのだから。

「――もう十二時よ」

と、私は腕時計を見て、「私、ずっとそばについてる。お母さん、一旦家へ帰ったら？」

「でも――」

と、やっていると、急に父がガバッと起き上ったのである。

「お父さん！」

「もう十二時か？　過ぎたのか？」

「うん……。大丈夫なの？」

「じゃ、もう今は三月四日だな！　良かった！」

父はベッドから出て、さっさと服を着始めた。私と母は呆気に取られていたが、

「お父さん！　病気じゃなかったのね！」

と、私は声を上げた。

「ああ。十二時過ぎなら、もういい。帰ろうか」

「どうして十二時が問題なのよ？」

「ひな人形を、三月三日の内に片付けないと、嫁に行くのが遅れる、って言うだろ？　チョコレートを沢山送ってみて、やっぱり、お前はできるだけ長く手もとに置いときたい、と思ったんだ。だから、何とかして三日の間に片付けないようにし

ようと思ってな。――さ、帰ろう」

父がさっさと病室を出て行く。

――私が、ますます頭に来たのは、もちろんのことである。

（初出・「三毛猫ホームズの事件簿」一六号・一九八九年）

一円玉の逆襲

「出かけて来るよ」

と、隆（たかし）は玄関まで出てから、声をかけた。

「あら、もう行くの？」

と、台所の方から母親の声。

隆は、急いで靴（くつ）をはくと、玄関のドアを開けた。母親が来ると、やたらうるさくあれこれ言うからだ。

今日はもう外へ出たし、まさか走って追っかけちゃ来ないだろう。本当に、いつまでたっても子供扱いなんだよな。もう十八だぜ、こっちは。

大学生になったら、少しは大人扱いしてくれるかと思っていたのだが、それは甘い期待だったようで……。

「隆！」

サンダルの音がパタパタと追いかけて来る。

隆は、ため息をついて、

「何だよ、母さん」

と、振り返った。「約束の時間に遅れちゃうよ」

「あら、そう？」

と、母親は目を見開いて、「でも、これがないと困るんじゃないの？」

母親の手にのっているのは、隆の財布だった。——これじゃ、隆としても赤くなるしかない。

「一円玉を入れといたわよ」

と、母親は言った。「ないと不便でしょ」

確かに、息子のデートに、ここまで気をつかってくれる母親って、珍しいかもしれない。しかし——息子としては、多少やりきれなくなるのも事実だった……。

「今日の隆、すてきよ」

と、彼女が言った。

「そう？」

心臓が飛びはねそうになるのを、極力外へ出さないようにして、「ねえ、ちょっと面白いディスコがあるんだ。行ってみない？」

「それで、そんな格好（かっこう）してきたわけ？」

と、彼女はいたずらっぽく笑って、「いいわよ。でも、あんまり遅くならないようにしてね」

「もちろんだよ」

隆は、ナプキンで口を拭（ぬぐ）うと、「出ようか、それじゃ」

「うん」

また隆の心臓が飛びはねそうになったが、それは彼女のせいじゃなくて、テーブルの上にあった伝票の金額を見たからだった。

ふんだくりやがって！――もちろん、今日はしっかり財布の中身も「準備済」

だが、それにしても……。

ま、いいや、彼女も、「前からここ、入ってみたかったの」と言ってくれたし、

「今日の隆、すてきよ」とも……。

ん？ じゃ、いつもはすてきじゃないのかな？ ま、いいや。深くは考えないことにしよう。

レジで支払いをする。――財布だけはいつもながらの、もういい加減くたびれた黒革のやつ。

手になじんで、使いやすいし、隆はこの財布が何となく気に入っているのだ。まあ、まだ穴があいて硬貨が落ちるってこともないし、できるだけ使ってやろう、と思っている。

「――お待たせ」

外に出て、待っていた彼女を促して、「あっちだよ」

と、歩き出す。

ごく自然な感じで――彼女が隆の腕に手をかけて来る。爽やかな夜風。若者の町はこれから目を覚ますところだ。

隆はいい気分だった。初デートで、こんなにうまく行くなんて！

「お客様――」

カタカタと靴の音がして……。一瞬、隆はこんな所まで母親が追いかけて来たのかと思ったりした。

「あの、お客様」

さっきのレストランのレジの女の子だ。

「え？　何？」

「あの——百円玉と一円玉をお間違えになったようですけど」

その子の手には、薄っぺらな一円玉がのっかっていた。

「あ……そ、そうだった？」

隆は焦った。財布を出して、百円玉を——出そうとして、他の硬貨まで一緒に飛び出してしまい、辺りに散らばってしまったのだ。

彼女が笑いながら飛びはねている。通りかかったアベックもみんな見て笑っていた。

——隆は、一瞬の内に天国から地獄へ、直行エレベーターで下りて行く気分だった。

「畜生！」

財布の小銭入れのふたをあけて、拾った小銭を入れる。一円玉は、レジの子が返してくれた一枚だけだった。

一枚だけ入れるくらいなら、入れてくれなきゃいいんだ！

「——ね、行こうよ」

と、彼女がまだ笑いながら言った。

「うん」

隆は、財布をポケットへ戻しながら、一円玉をズボンのポケットへ入れた。——二度も同じ恥をかきたくなかったからだ。

「ね、喉がかわいた！」

ディスコを出た後、隆は何と四人の女の子を連れて歩くはめになっていた。ディスコで、彼女の高校の時の友だち、三人連れというのに出くわしたのである。

「あそこでジュース買おう」

と、一人が、自動販売機を指さす。

「OK。四人とも？——俺、いらないよ」

隆は、財布を出して百円玉を四つ、彼女に渡した。四人でワイワイやりながら駆けて行く。隆は、すっかりくさっていた。せっかく二人きりの夜になるはずだったのに……。

「──ね、ちょっと」

彼女が、しかめっつらで戻って来る。

「何だい？」

「これじゃ買えないのよね」

彼女が隆のてのひらにのせたのは──一円玉だった。

──そんな馬鹿な！　こんなことってあるか！

「しっかりしてよね、本当に」

と、彼女はすっかりむくれてしまっている。

しかし……確かにさっき一円玉はなかったのに。ズボンのポケットを探ると、ちゃんとさっきの一円玉が出て来た。

「この野郎！」

頭に来た隆は、二枚の一円玉を思い切り遠くへ放り投げた。

「ごめんよ」

と、隆は言った。

「もういいわよ」

と、彼女はそっぽを向いている。

「なあ——」

「しつこいわね！　私、しつこい人って嫌いよ」

これでもう決定的だった。

たぶん、彼女は二度とデートの誘いに応じちゃくれないだろう。

隆は、がっくり来て、地下鉄の駅の階段を彼女の後から下りて行った。

「送ってくれなくてもいいわよ」

と、彼女が言った。「一人で帰れるわ」

「でも——」

隆は財布を出しながら、「ちゃんと送るよ。いいだろ？」

「どうでもいいけど……」

と、彼女は口を尖らしている。

隆は券売機へお金を入れた。――あれ？　何だよ、ちゃんと三百円入れたじゃないか。

「ねえ」

と、彼女が言った。「戻ってるわよ」

一円玉が一つ、隆を見上げていた。

「すみませんね、本当に」

母親が、彼女に謝っている。――隆は、まだ青い顔をして、家のソファに座っていた。

「急に青くなって倒れちゃうんだもの」

「ごめん……。母さん」

「何？」

「僕の財布に一円玉、いくつ入れた？」

「四、五枚入れたと思うけど」

「四、五枚？——嘘だ、一枚しか——」

財布を取り出して、小銭をテーブルの上に落とす。すると——少し後れて、一枚、一円玉が落ちて来た。

「見て」

と、彼女が財布を手に取ると、「ほら、小銭入れの内側の布が破れてるのよ。その中に……。ほら、もう一枚入ってた」

隆は唖然として、

「じゃ、そこに隠れてて……」

「軽いから、財布を入れたり出したりする度に、一枚ずつ飛び出したんだわ」

「あら、じゃ、ちゃんと入れたつもりで、その破れ目の中へ入れちゃったんだわね」

と、母親が笑った。「今、紅茶をいれますからね」

「——参ったな！　自分の頭がどうかしたのかと思ったよ」

と、隆は大きく息をついた。「もうそんな財布、捨てちまうぞ」

「あら、とってもいいわよ、使いこんであって。私、この破れた所、縫(ぬ)ってあげる」

「え？」

「この財布が、隆君と何となく似てるんだもの。どことなくとぼけてて」

そう言って、彼女はニッコリ笑ったのだった……。

（初出・「三毛猫ホームズの事件簿」一七号・一九八九年）

嘘の発端

あいつだ。

田川(たがわ)は、何度も確かめて、肯いた。――間違いない。あいつだ。

市村(いちむら)は、五年前と少しも変らなかった。

きちんとなでつけられた髪。いかにも高級な仕立(したて)の背広。今、田川が着ている安物とはずいぶん違う。

人ごみの中で、市村は背筋を真直ぐに伸して歩いて行く。

田川はその後をつけて行った。仕事で回らなくてはならない所があったが、今はどうでも良かった。

あいつ。――あいつが、俺の人生をめちゃくちゃにしたんだ。

この五年間、忘れたことのなかった憎しみが、燃え上った。まるで新たな油を火に注（そそ）いだかのように。

市村は、地下鉄のホームへと下りて行った。

階段を下りる時になると、片方の足を、少しかばっているのが見てとれる。

苦い思い出が、田川の中によみがえって来る。もうあれから五年たったのか。

まるで、つい五日前のことのようだ……。


市村が入社して来た時、田川は、何となく初めから虫が好かなかった。

まあ、多少は――いや、かなり、だろうか――やっかみもあっただろう。

市村は二枚目で、人当りもやわらかく、話もうまい。といって、決して軽薄な感じは与えない。

エリート、という言葉を、そのまま絵にしたような男が、市村だった。

それに比べると、確かに、田川の方は大分見劣りがする。英会話ペラペラとはいかないし、パソコンも、いくら習っても憶（おぼ）えられない。

しかし、仕事の面では、市村は田川と全く違うセクションにいたので、田川が直接迷惑することはなかった。ただ、問題は、田川が最も得意とする分野――ゴルフだった。

田川は、大学時代からゴルフにかけてはセミプロ級の腕前だった。入社以来、上役から新人の女の子まで、何人もが田川にコーチしてもらってグリーンに出たものだ。田川が、若くない年齢になっても、若い女の子から頼りにされるのは、ゴルフのおかげと言っても良かった。

ところが——その「聖域」にまで、市村が侵入して来たと知った時、田川は頭にカッと血が上(のぼ)ってしまった。

入社して間もない市村が、ふとしたことで、同じ課の女の子のフォームを直してやった。

その女の子が、また少しオーバーなくらいに、

「市村さんの教え方って、とっても上手よ！」

と、他の女子社員にふれ回ったから、たちまち、市村の前に、ゴルフの生徒志願者の列ができた（というのは、もちろん、たとえであるが）。

それに、たまたま、どうもスランプで、と悩んでいた重役の一人が、その噂を聞きつけ、重役室に市村を呼んで、仕事中に一時間のレッスンに及んだ。それがまた

効果満点、というので、他の重役たちも、次々に市村のレッスンを受けるようになったのだ。

こうして、田川が入社以来、二十年近くも保っていた座は、わずか半年ほどの間に、アッサリと市村にさらわれてしまったのである。

田川が面白くなかったのは当然だろう。家にも酔って帰ることが多くなり、妻とも喧嘩が絶えなくなった。

そうする内に、市村はついに社長について、重要な接待ゴルフに参加することになった。毎年、田川が出ていたのに、である。

社内でも、誰もが田川をチラチラと、あわれむような目で見ていた。——その前夜は、やけ酒をあおり、帰宅したのは、深夜の三時だった。

そして、やっと寝入った朝の四時半、田川は会社の部長からの電話で叩(たた)き起された。

「急いで仕度(したく)して、今日のコンペに出ろ」

というのだ。

わけも分らず、ともかく駆けつけてみると、市村が前の晩、会社で残業していて、階段から転落し、足を骨折した、というのだった。

ひどい頭痛のするコンディションの下、田川は、何とか役目を果たした。

――様子がおかしくなって来たのは、一週間ほどたってからである。

何となく、社内で、みんなが田川を避けるようになった。会えば目をそらすし、話しかけても、聞こえないふりをする。

田川は首をかしげるばかりだったが、ある日、上司に呼ばれて、いきなり、

「辞表を出す気はないか」

と言われて、啞然とした。

その時になって、やっと分ったのだ。市村を階段から突き落としたのが、田川だ、という噂が、社内中に広まっていたのだった。

とんでもない、と抗弁したものの、田川はあの晩一人で飲んでいて、アリバイはない。

市村は自分で足を踏み外したと言っているのだが、それも田川をかばってのことだ、と噂は説明していた。

そんなことで会社をクビになってたまるか！――田川は、断固として居座ってやろうと思った。

ところが、お節介な誰かが、その噂を、田川の妻に知らせたのだ。冷え切っていた夫婦の間は、それで終ってしまった。そんな卑怯な人とは暮していられない、というわけだ。

頭に来た田川は、酔って暴れ、留置場泊りになって、ごく自然に、会社にいられなくなってしまったのである。

すべてあいつのせいだ！

地下鉄のホームに立つ、市村の背後へと、田川は近付いて行った。先のことなど、考えもしなかった。ただ、激しい恨みがふき上げて来て、押さえ切れなかったのである。

電車が来る。田川は、両手を市村の背中へ当て、力をこめて押した……。

「すると」

と、警官は戸惑ったように、言った。「この人に押されて落ちたのではない、とおっしゃるんですね？」

「そうです」

と、市村は肯いた。「自分で、足を滑らせたんです」

「しかし……。この人があなたの背中を押したのを見ていた人が何人もいるんですよ」

「この人は、よろけた私を、引張って止めようとしてくれたんです。それが、他の人には押したように見えたんでしょう」

「そうですか」

「幸い、無事でしたし、当の私がそう言っているのですから」

市村の語り口は、昔の通り、説得力があった。警官は、納得しかねる様子ではあったが、結局、田川を放免した。

駅の事務室を出た田川と市村は、しばらく黙って歩いていたが、やがて田川は足を止めると、

「どうして俺をかばって嘘をついたんだ？」

と、訊いた。

「昔の嘘の償いさ」

と、市村は言った。「退院して、出社してから、君が辞めて行ったわけを聞いて、唖然としたよ。何も知らなかったんだ。知っていれば、本当のことを話したのに」

「本当のこと?」

「そうさ。——すまなかった。すべて、僕の嘘のせいだったんだ」

「嘘といっても……。君は、僕に突き落とされたと言ったわけじゃないだろう?」

「そのことじゃない。——嘘を隠すために、あんなことをしなきゃならなかった。おかげで、足は今でも痛むよ」

「どんな嘘を?」

「僕は、わざと階段から落ちたんだ」

「何だって?」

「どうしても、知られたくなかったんだよ」

と、市村は寂しげに微笑(ほほえ)んで言った。「僕が一度もゴルフをやったことがない、ってことをね」


(初出・「三毛猫ホームズの事件簿」一八号・一九八九年)

食べたい

初めに私の注意をひいたのは、結婚式から帰って来た母の一言だった。

「可哀そうに！」

と、母は帯を苦しそうに緩めながら息をついて、開口一番、そう言ったのだった。

「どうしたの、お母さん」

私は、明日からテストという切羽詰った時期だったにもかかわらず、母の帰った気配に、二階から降りて来たのだった。高校一年生の乙女にとって、遠い親類とはいえ、「結婚」の話題は聞き逃せないものだったのだ。

「何も、あんな人と……。いくら何でも、あれじゃ可哀そうよ！」

一人で憤慨している母をなだめて、話を聞き出すのに、たっぷり三十分もかかってしまった。

——今日結婚式を挙げたのは私の「叔父(おじ)」で、といっても血のつながりはないのだが、何となく習慣で「叔父さん」と呼んでいる人だった。

これが親戚の間でも、変っていることで知られた人で、母なども嫌っていて口もきかないくらい。四十代も末かというのに、独身でいたのも、当り前かと思える。

その叔父が突然「結婚するので、出席して下さい」と、母へ電話して来たのが、つい半月前。母は、ずいぶん迷っている様子だったが、父から、

「やっぱり親戚は親戚だろ」

と言われて、渋々出席することにしたのだった。

で、母が何に腹を立てていたのかというと——式場で初めて花嫁を見て唖然(あぜん)としたらしいのだ。無理もない。新郎が四十八歳なのに、新婦は何と十七歳！　私とたった一つしか違わないのだから。

「しかも、おとなしそうで、か細い、そりゃあ可愛い子なの」

と、母はため息をついて、「どうしてあんな子が、あんな男と結婚しなきゃいけないのかしら、って、みんな低い声で言い合ってたのよ」

「でも、人は好き好きじゃないの」

「聞いたのよ、チラッと。噂だけどね」

と、母が必要もないのに声をひそめる。

「何を？」

「父親を亡くして、一人ぼっちの子らしいんだけど、和夫はその父親に大分お金を貸してたらしいの」

和夫とは、叔父のことである。変り者で、人付合いのない分、お金をため込んでいるという、評判ではあった。

「でも、結局父親はお金を返さずに死んだ。それで代りにあの娘を――」

「借金のかたに？　今どき、そんなことあるの？」

「ま、噂だけかもしれないけどね。あの二人が並んでるのを見てると、ありそうな気がして来るよ」

母が、肯きながらそう言ったとき、玄関のチャイムが鳴った。「ちょっと、出て」

「うん」

玄関へ出て行った私は、思いもかけない訪問客に、「いらっしゃい」を言うのも忘れていた。――やって来たのは、当の叔父と、その妻だったのである……。

「――じゃ、ここの隣に住むの？」

そう言ったのが私だったので、叔父は母が顔をしかめるのを見ずにすんだ。

「そうなんだ。よろしくね」

叔父としては精一杯、愛想のいい笑顔を作ったつもりだったろうが、私はやはりゾッとした。先入観もあったかもしれないが、叔父にはどこか蛇を思わせる、ねっとりと絡みつくような気味の悪さがあったのである。

叔父の、十七歳の妻の方は、といえば、ただひたすら顔を伏せがちにして座っているばかり。確かに、母でなくても、「どうしてこの子が？」と思わされてしまう、あどけないくらいの少女だ。

母が不機嫌なので話が弾むわけもなく、二十分ほどで叔父たちは引き上げることになった。

手洗いに立った奥さんを待っている叔父に、私は、

「奥さん、可愛いですね」

と、言った。

「ああ、そりゃあね」

と、叔父は笑顔になって言った。「食べちまいたいくらい、可愛いよ……」

「だから何だっていうんだ？」

と、一郎は眠そうな顔で訊いた。

「見てよ。――ほら、この窓からね、ちょうど叔父さんとこの庭が見えるの」

私は窓ぎわの方へ、一郎を引張って行った。

――一郎は一応目下のところ、私の唯一のボーイフレンドである。

「へえ。結構広い庭があるんだな」

と、一郎が窓から表を眺めて言った。

「もともと、お年寄りが一人で住んでたの。だから庭も昔ながらの、ちょっと手入れの悪い庭でね。――でも、分るでしょ、見れば？」

「土があちこち盛り上ってるよな」

「そうなの。叔父さんが毎晩のようにね、土を掘ってるの」

「どうして？」

「穴を掘ってるのよ」

「何か埋めてるのか」

「分らない。だって、一日中見てるわけにはいかないんだもの」

一郎は私の方へ向き直って、

「何を心配してるんだ？　はっきり言えよ」

「うん……」

言うのが怖かった。まさか、とは思うんだけれど……。

叔父夫婦が隣に越して来て、三か月たっている。夏になって、学校は休み。そのせいもあって、私は毎夜、隣の庭を眺めるようになったのだ。

「この半月ぐらいね、奥さんの姿が全然見えないの」

私は、ゆっくりと、言葉を選びながら言った。「買物にも出ないし、昼間だって、私、姿を見たことがないわ。それまでは必ず毎日出かけてたのに」

「病気してるんじゃないのか」

「叔父さんに会った時、思い切って、そう訊いてみたわ。でも……『いや、病気なんかしてないよ』って笑ってた」

「じゃあ——」

「ね、私、怖いの。思い出して、叔父さんの言葉を」

「何のことだ」

「『食べちまいたいくらい、可愛い』って言った時の、叔父さんの笑顔……。気味が悪かった。まるで――」

その先は言えなかった。

「まさか」

と、一郎は言った。「どうしてそんな――」

「保険金、かけてたとしたら?」

「で……殺して……」

「死体隠すのって、大変でしょ」

「だからって――。どうして穴掘るんだ? 埋めるのか?」

「見付かったらおしまいじゃない」

「じゃ、何のために?」

「お腹を空かすために」

――一郎はしばらく私の顔を見ていたが、もう一度、

「まさか」

と、言って——でも、笑ってはいなかった。

夜中の二時を回っていた。

私は一人で、叔父の家の庭に忍び込んで、様子をうかがっていた。一郎は、帰ってしまったのである(頼りにならない奴!)。

ザッ、ザッ。——叔父の手にしたシャベルが、庭の柔らかい土に食い込む。暗い中でも、叔父の足下に小さなビニール袋が置いてあるのが分る。

「やれやれ……」

叔父が穴の中にビニール袋を投げ入れて、呟(つぶや)くのが聞こえた。「どうしたって出るもんだな、食べ残しが」

それを聞いて、私は気を失いそうになってしまった……。

——その翌朝、もちろん一睡もできないまま、私は居間へ降りて行った。

母に話さなきゃ。ともかく、何としても隣の家を調べてもらう必要がある。

ドアを開けようとすると、明るい笑い声がした。お客さんかな?

私はドアを開けて――ポカンとして突っ立っていた。母と楽しそうに語り合っていたのは、

「消えたはずの」、叔父さんの奥さんだったのだ。

「半月ぶりに外へ出たんです」

と、奥さんは言った。「つわりがひどくて、起きられなかったんですもの」

「分るわ。心細いものよね」

と、母が肯く。

「でも――主人がとてもやさしくしてくれて。匂いに凄く敏感になって、生ゴミが家の中にあるだけで気分が悪くなったんです。それであの人、毎晩庭に穴を掘って、ゴミを埋めて……。昼間じゃ暑くてとてもできないから、って。でも、おかげで大分楽になりました」

「いいとこあるのね、あの人も」

と、母は微笑んでから私に気付き、「あら、起きたの？　ご挨拶なさい」

「――いらっしゃい」

私の顔が真赤なのを、暑さのせいだと思ってくれたかどうか。私は、

「おめでとうございます」
と、付け加えたのだった……。

（初出・「三毛猫ホームズの事件簿」二三号・一九九〇年）

開けっぱなしの引出し

長年のカンも、ときには狂うことがある。

彼は仲間内で、「カラス」と呼ばれていた。別に、よく映画に出て来る泥棒みたいに、黒ずくめの格好をしていたわけではない。

あんな格好で歩いていたら、たちまち警官に呼び止められてしまうだろう。本物の泥棒なら、あんな格好はしない。

いや、彼は泥棒ではない。正確に言えば、の話であるが。

彼は「空巣」で、すでにその道三十年というベテランだった。「カラス」のニックネームは、「空巣」の字を読みかえた、いわば仲間内での敬称だったのである。

——ここだ。

その家の前を通りかかったとき、彼にはピンと来た。ここここそ、今日の狙い目だ。

なぜ、と問われても、彼自身説明できないのだ。何か理由はあるのだろうが、妙に考え込むのは、性に合わない。カンを信じて、これまでもやって来た。

ちょうど、手ごろな家だった。一応、高級住宅地にふさわしい構えだが、中へ入ってどこを捜していいか迷うほど広くない。

たぶん、いくらかの現金、宝石類がしまい込んであるだろう。

ちょうど、そこの主婦らしい女が、きちんとスーツ姿にお化粧をして、出かけるところだった。

お茶の仲間かお花の会か。ともかく今は主婦の方が忙しい時代である。

しっかり鍵をかけ、わざわざドアが開かないか、ためしている。歩き出しながら、腕時計を見ていたから、大方、約束の時間ぎりぎりなのだろう。――まず、戻って来る心配はない。

十五分待ってから、行動を開始した。

玄関の鍵など、彼にとっては、ないのも同様だ。

きちんと靴を脱いで上り、その靴は傘立てのかげに隠しておく。

さて、後は金目のものがどこにあるか、である。

ざっと一階を歩き回って、実によく整理された家なのに感心した。彼自身、几帳面な性格なので、こういう家に入ると嬉しくなってしまう。ま、そこを荒らそうというのだから妙なものだが。

しかし、彼は荒らすといっても、決して引出しの中身をぶちまけたりはしない。そういう「下品」な空巣とはわけが違う。

彼が現金や宝石を失敬した家でも、盗まれたことに気付かないことが、ちょくちょくあるくらいなのである。

——こういう家では、仕事も楽だ。

大切な物が、必ずあるべき場所にしまってあるからである。

実際、十分後には、彼は二階の寝室で宝石類を手に入れ、一階の台所の引出しから、現金を見付けていた。

そして——納戸らしい小部屋へ入った。

小部屋といっても、六畳間ほどの広さがある。洋服ダンス、和ダンス、飾り棚……。

色々と並んでいて——ふと、彼が目を止めたのは、一見して古びた西洋の王朝風デザインの戸棚だった。

何か、いかにも高価そうなしろもので、これ自体が、相当の値打だろう。中に大切な物がしまってあるのかもしれない。

しかし、彼の注意をひいたのは、その戸棚そのものの立派さよりも、その引出しの一つが、引き出されたままになっていたことだった。

きっちりと造られた戸棚の場合、気密性があるせいか、一つの引出しを閉めると、他の引出しが空気に押されて出張(でっぱ)ることがある。しかし、あんな風にほとんど一杯に引き出されているのは、やはり誰かが物を出し入れしたからだろう。

だが、なぜ閉めてないんだ？

この家の、隅(すみ)から隅まで、きちんと整理され、チリ一つないほど掃除(そうじ)の行き届いている状態の中で、それはいかにも似つかわしくない光景だった。

何が入ってるのかな？　――その引出しは、少し高い位置にあったので、近寄らないと中が覗(のぞ)けない。

近付こうとしたとき、玄関で、カチャリと鍵の回る音がしたのだ！

もちろん、長い経験の中では、こんなことも珍しくない。彼は、納戸の扉(とびら)を内側から閉めると、隅の洋服ダンスと壁の間の、わずかな隙間に身を隠した。

パタパタとスリッパの音がして——何と、この納戸の扉がガラッと開いたのだ！

「ああ、いやんなっちゃう……」

と、呟いているのは、さっき出て行った女らしい。「肝心のもの忘れて。——トシだわね、もう」

彼がそっと覗いてみると、女は和ダンスの引出しから、何やら本のような物を取り出している。

「これなしじゃ、お稽古にならないじゃないの……」

と、ひとり言。「ええと……これだけでよかったのよね」

自分に確かめるように、そう言って肯くと、納戸の中を見回した。

そう。——きっと、あの引出しに気付いて、閉めて行くだろう。

彼はそっと見守っていた。

女は、あの戸棚の方へ歩いて行くと、その引出しの中を覗き込んだ。

そして……そのまま、納戸を出て行ってしまったのである。

何だ？　彼は面食らった。

おい！　どうしてあの引出しを閉めて行かないんだよ！

思わず、声をかけそうになった。

もちろん、実際にはそんな馬鹿なことはしなかったが。——玄関から出て行く音。

彼は、洋服ダンスのかげから出て、一旦納戸を出ると、あの女が出かけたことを確かめた。

そして、もう引き上げようと……。いや、引き上げるべきだった。

もらうものはもらったし、これ以上ここにいる必要はない。

だが——いつしか、彼は納戸の扉を、また開けていたのである。

開けっぱなしの引出し。なぜ、あの女は閉めて行かなかったんだ？

彼はもう一度、そっとその戸棚へ近付くと、引出しの中を覗き込んだ。

中は、空（から）だった。

彼は手をのばして、その引出しを、閉めてやろうとした……。

「——なるほど」

と、刑事は肯いた。「それで、この有様（ありさま）か」

「全くね」

と、彼は首を振って言った。「几帳面すぎるってのも考えもんだね、旦那」

「そうだな」

「それより、早く、こいつを何とかしてくれませんかね」

ソファに腰をおろした彼の右手には、あの引出しが、くっついていた。壊れた引出しを元の通りにしようと強力な接着剤を使っていた。それが乾くまで、引出しを閉めるわけにいかなかったのだ。

そして乾かない内に、彼はその接着部分に触れて、とれなくなってしまった……。

実際、カンだけでは、予想できないことってのがあるものなんだよ、と彼は思った。

(初出・「三毛猫ホームズの事件簿」二五号・一九九一年)

おばあちゃんの逆しゅう

「暑い！」

と、パパは言って、両手一杯の荷物を下へ置くと、「おい、早く玄関を開けろ！

暑くてかなわん」

本当に、パパの顔は汗で光って見えていた。

「はい、ちょっと待って」

と、ママがバッグの中を探る。「——待ってね、中が……色んなものが入ってて」

「おい、何してるんだ。早くしろよ」

パパがイライラしてるのが分る。

でも——ユミはふしぎでしょうがなかった。夏は暑くて当り前だし、暑い中を歩
いてくれば汗をかくのも当然。

パパはいつもユミには、

「それぐらいがまんしないでどうする!」

って、口ぐせのように言ってるくせに、自分はちょっとでも気に入らないことがあると不機嫌になって一日中ムッとしている。

大体パパがこんなに暑がりの汗っかきになったのは、この一、二年ですっかり太っちゃったせいだし、普段クーラーの効いたオフィスにいて一歩も外へ出ないからだ。

「ないわ! おかしいわね、ちゃんといつも入れとくのに」

ママもバッグの中をかき回して、汗をかいている。

「全く、お前はどうしていつもそうなんだ? この前だって香典の袋に金を入れ忘れて」

「一年も前のことでしょ。何度もしつこく言わないで」

と、ママも言い返している。

「しつこくなんて言ってないぞ」

「あらそう? ともかく今は中へ入ることを考えたら」

そうそう。――ユミも子供心に同じことを考えていたので、思わずママに拍手してあげたくなった。でも、そんなことをするとパパがますます怒りそうなのでやめて、

「おばあちゃんに開けてもらおうよ」

と提案したのだった。

「そうよ。それが一番。――おばあちゃん、おばあちゃん！」

玄関のチャイムを鳴らしておいて、ママはインタホンに呼びかけている。「おばあちゃん！　早く出てよ」

ユミも暑いのは同じ。特にユミのうちの玄関は午後になると、もろに日が当って、こんな真夏には立っているだけで汗がタラタラと流れ落ちるくらい暑い。

「――おい、どうしたんだ」

一向におばあちゃんが返事してくれないので、パパはますますイライラしている。

「知らないわ。出ないのよ、いくら押しても」

「何とかしろ！　こんな所にずっと立ってたら、どうかなっちまう」

と、パパは無茶なことを言っている。

本当に忘れっぽいんだから、大人って。――ユミは呆れてしまった。出かけるときに、パパもママもおばあちゃんに向って言ったのだ。誰かがチャイムを鳴らしても、出ちゃいけないよ、って。

「分ったの、おばあちゃん？」

ママの言い方は、まるで叱りつけているようで、聞いていたユミはちょっと腹が立ったくらいだ。

「おばあちゃん」とみんな呼んでいるけれど、おばあちゃんはママのママで、だから本当だったら、ママの方が叱られる立場なのだ。

「分ったよ」

と、おばあちゃんはいやな顔をするでもなく、ママの言葉を聞いて肯いた。

「本当に、困っちゃうわ」

ママはブツブツ言いながら、買物に出る仕度をした。

ママがこんなに文句を言っているのは、昨日おばあちゃんが一人で留守番をしているとき、セールスマンがやって来て、それも凄く高い印かんだか何かを売りつけて歩いている「怪しげな」奴だったらしいのだが、おばあちゃんは、てっきりユミのパパのお友だちと思って、うちへ上げてしまった。

そして、その男の相手をする内に、すすめられて何万円もする印かんを申し込んでしまったのだ。——パパとママは帰って来てそれを知ると、カンカンになって怒った。

確かに、おばあちゃんはうまいこと騙されてしまったわけで、パパはその申し込みを取り消すために苦労したらしい。その文句をママに言い、ママがおばあちゃんに言った、というわけだ。

でも——ユミは、おばあちゃんがママから責められているのを見ながら、思った。悪いのは騙した男の方だろう。おばあちゃんはとってもいい人で、人を疑ったりしない。

そんなおばあちゃんを、騙されたからって叱るなんて可哀そうじゃないの。

で、今日もおばあちゃんが一人で留守番ということになったとき、

「誰かチャイムを鳴らしても、絶対に出ちゃだめよ！」

と、ママが言ったのである。

おばあちゃんにしてみれば、あれだけひどく叱られてしまったのだから、今日は忠実にママの言いつけを守って当然だ。

「——おい、どうなってるんだ？」

十五分近くもチャイムを鳴らし続けて、何の返事もないので、パパの方はイライラを通り越して怒り出してしまった。

「分らないわよ。いないわけがないのに……」

ママは玄関のドアを叩いたりしている。

「全く、しょうがないばあさんだな！」

パパの言い方には、年寄りに対する心づかいなんか少しも感じられなかった。ユミは、何だか急にパパのことが、遠くてよく知らない人のように思えて来た。

「おばあちゃん、具合が悪いのかもしれないよ」

とユミが言ったのは、パパとママへの腹立たしさからだったかもしれない。

パパとママがギョッとしたように顔を見合せて、

「まさか……」

「だが、もし本当に倒れてでもいたら……」

「――お隣へ行って、電話を借りるわ」

ママは駆け出して行った。


で――結局は何でもなかった。

おばあちゃんは、チャイムが鳴っても出ないことにしていたし、ママがお隣から電話したときには、お手洗に入ってて聞こえなかったのだそうだ。

「――何でもなくて良かった」

「ねえ、本当。一瞬青くなっちゃった」

パパとママは、今度は文句を言わなかった。

救急車が来たり、近所の人たちもびっくりして集まって来たので、パパとママも結構本気で心配していたらしい。

パパもママも、今夜はいやにおばあちゃんにやさしい。

――ユミは、おばあちゃんが手招きするので、そばに行った。

「おばあちゃん、何ともなくて良かったね」

と、ユミが言うと、

「ユミちゃんが心配してくれたんだって？　ありがとうね」

と、ユミの頭をなでてくれる。

「おばあちゃんのこと、大好きだもん」

「そうかい？」

おばあちゃんは嬉しそうに笑った。

パパとママが居間へ行って、ユミももう寝る時間になったので、おばあちゃんの部屋を出た。

「――あ、そうだ」

ママに頼んどくことがあったのを思い出して台所へ行くと、ママはいなかったが、おばあちゃんが納戸の引出しを開けている。何してるんだろう、と思って見ていると、おばあちゃんは引出しの中へと、銀色に光る鍵を、チリンと落としたのだった。

そして、ユミに気付くと、ちょっと片目をつぶって見せた。ユミも愉快になって、片目をつぶって、ニッコリと笑ったのだった。


（初出・「三毛猫ホームズの事件簿」三三号・一九九三年）

終らない課題

倉田（くらた）は、調書を隅から隅まで読み終えると、

「結構です」

と肯いた。

じっと息を殺して見守っていた刑事たちもホッと息をついた。

「じゃ、署名してくれ」

と、西川（にしかわ）刑事がペンを渡した。

「はい」

倉田は、受け取ったペンを眺めて、「ペン先が割れてますね。新しいのとかえて下さいませんか」

と言った。

「そりゃすまん。おい！　武井(たけい)！　新しいペン先をもらってこい！」

西川が、若い刑事に言いつけた。

「――やれやれ」

武井は、庶務(しょむ)へ行ってペン先の新しいのをもらって戻りながら、「手間のかかる奴だ」

と、呟いた。

――倉田は殺人犯である。妻を殺して逮捕された。

捜査そのものは、大して困難ではなかった。初めから、夫が怪しいと目星をつけていたし、取り調べに入ると、スラスラと自供した。

捜査を指揮していたベテランの西川を始め、武井たちもみんなホッとしたものだ。

ところが――大変なのはその先だった。

倉田は、何でも正確無比、きちょうめんで、何一つ間違いを許さないタイプの男だった。武井たちの作成した調書を読むと、

「この表現は不正確です」

とか、

「この文章は、文法的に間違っている」

ついでに、誤字、脱字の類を数十か所も指摘したのだ。

不正確、と言われると西川たちも直さざるを得ない。訂正したものを見せると、
またいくつかミスを見付ける。また直す。

これを何と五回もくり返した。

決して時間かせぎとかでなく、倉田は性格的に気がすまないのだった。

こうして、やっと倉田のＯＫが出て、みんなホッとしていたところなのである。

「――これでいい」

倉田は、署名をすると、満足げに言った。

覗き込んだ武井は、まるで活字のような美しさで書かれた倉田の署名に感心した。

「お疲れさまでした」

と、倉田の方から西川たちへ頭を下げる。

「いや、まあ……そっちもな」

と、西川が言った。「何かほしいものはあるか？」

「はあ……」

倉田は、少し考え込んだ。——倉田は五十がらみの、至って地味な感じの男である。

木彫職人の倉田、この地味な男が、どういう成り行きからか、派手好きな、二十歳も年下の妻をもらったときから、悲劇は予定されていたのかもしれない。

妻の浮気。それを咎めた夫に、妻は反抗した。恋人と逃げようとしたのだ。

それを知った夫が、木を彫るのに使うのみで、妻の喉をえぐった……。

「——もし、できたら一つだけお願いがあるんですが」

と、倉田は言った。

「何だ？　言ってみろ」

西川は肯いて言った。

できることなら、望みを聞いて叶えてやりたい、と刑事たちも考えていたのである。

明りが点くと、きちんと片付けられて、ちり一つない仕事場が浮かび上った。

「木の匂いだな」

と、西川は言った。

「私がいなくなったら、じきに荒れ果てますよ」

と、倉田は言った。

「惜しいな。お前の腕前が埋もれちまうのは」

と、西川が言った。

「西川さん。早くすまして帰りましょう」

と、武井が言う。「上の方にばれるとまずいですよ」

「分ってる。――倉田」

「はい、すぐにすみます」

倉田は、完成直前の木彫りを施した大きな置時計を、やり残したまま逮捕されていた。

「どうしても、これだけはやり終えておきたかったんです」

倉田は、のみを手にすると自分の背より高い置時計の外枠に、巧みに彫り込んでいった。

その手ぎわは、正に神技だった。

「——大したもんだな」

と、西川は感心している。

「分る人にゃ分るが、分らない人にゃ分りませんよ」

と、倉田は言った。

「奥さんは、お前のすばらしさが理解できなかったんだな」

「いや……。女房も可哀そうです。相手の男が悪い。そうですよ。女の弱さにつけ込んで。——ひどい奴がいるもんだ」

「相手が誰なのか、分ってるのかい？」

と、西川が訊いた。

「西川さん。もう戻らないと」

と、武井は気が気でない様子。

「分りません。——調書ではそう言いました」

倉田は微妙な言い方をした。「しかし……この時計はこれでいい。でもね、女房だけじゃなく、相手の男にも相応の責任を取ってもらわないと、私の仕事は終らないんです」

倉田は、ゆっくりと顔を上げて、

「私はね、見たんですよ、あのとき。一瞬でしたが、『置いて行かないで！』と叫んでる女房を放って逃げた男の顔をね。チラッと見ただけでしたが、忘れられるもんじゃない」

「その男は――知ってる人間かね？」

「知りませんでした。そのときは。でも、逮捕されてから見たんですよ、取調室の中でね」

武井が青ざめ、汗を額に浮かべている。

「西川さん、行きましょう」

「もう少し話を聞こうじゃないか」

と、西川は言った。「この男には、きっちりと最後まで仕事をさせたい」

武井が外へ出ようとすると、戸に鍵がかかっていた。

「武井、俺もな、きちんとけりをつけたいんだ。この倉田ほどじゃなくてもな」

「西川さん……」

武井の目が大きく見開かれた。

「俺が知らないと思ってたのか？　俺の女房にまで手を出して」

「僕は――」

と言いかけた武井の腹に、倉田ののみが深く食い込んだ。

呻（うめ）き声を上げて、武井が倒れる。

「――やったな」

と、西川は言った。「礼を言うよ」

「いいえ」

と、倉田は首を振って、「これでやりかけの仕事は全部すみました」

そして倉田は両手を揃（そろ）えて西川の前に差し出したのだった……。


（初出・「三毛猫ホームズの事件簿」三四号・一九九三年）

お母さんの卒業式

「ただいま」

玄関のドアを開ける由美子の声は緊張していた。

何も自分の家へ入るのに緊張することもないと思うが、今夜は特別だ。由美子は振り向いて、

「入って」

と、近藤に声をかけた。

「うん……。お母さん、いらっしゃるのかな?」

「いるはずよ。——お母さん」

と、靴を脱ぎながら呼ぶと、

「あら、お帰り! 早かったのね!」

と、いつもながらのけたたましい声を上げて、母、貞代(さだよ)が飛び出してくる。

「お母さん、こちら近藤さん――」

「いらっしゃい。どうぞゆっくりしてらしてね。私、もう出かけないと」

「お母さん、出かけるの？　今日は家にいるって言ったじゃないの」

と、文句を言ってみても、もう貞代はきちっとスーツを着込んで化粧もすまし、

「ごめんなさい！　うっかりしてたのよ。近藤さん、でしたっけ？　また今度ゆっくりね。――それじゃ、ちょっと遅くなるかもしれないけど」

貞代はさっさと仕度を終えてコートをはおり、金色のバッグを手に出かけて行ってしまった。——由美子は呆気に取られて見送るばかり。

「全く、もう！　忙しいったって、娘の恋人ぐらい会う時間、作ってほしい！」

と、上ってカッカしている。

「まあ、仕方ないよ」

と、近藤は笑って、「仕事してらっしゃるんだから。パーティか何かあるのかな、あの服装」

「どうだか」

由美子はむくれている。――むろん、由美子にも分っていた。早くに父は亡くなり、母は由美子を育てるために、夢中で働いた。

由美子が大学を出て、今の会社に勤められたのも、母のおかげ。とはいえ……。勤め先でかなり重要なポストにいる貞代は、忙しくて夜も遅いことが多いが、今日、近藤を連れて来て会ってもらうことは、一か月も前から言っておいたのだ。それなのに……。

「ここんとこ、松永とかいう男の人とよく出かけるの。電話もかかってくるし」

と、由美子は言った。

「へえ。いいじゃないか、お母さんもまだ元気だ」

「でも……。いい年齢して、ソワソワして、いやだわ」

由美子自身、近藤と付合っていながら、母が他の男と会っているのが面白くない。自分でも矛盾してる、とは思うのだが――。

電話が鳴って、由美子が出ると、

「あ、松永という者ですが、貞代さんは、もう出かけられましたか」

「あ……。はい、今しがた」

「そうですか。では——」

「あの——」

つい、由美子は言っていた。「母とはどういうつもりでお付合いされているんでしょうか」

「は？」

と、少し戸惑った様子だったが、やがて笑って、「いや、貞代さんは何もおっしやってないんですか？　それはそれは……。私は英会話学校の校長です」

「英会話？」

「あなたのお母さんがもううちへ五年間通ってらして、立派な成績で今日卒業されるんですよ」

由美子は啞然(あぜん)とした。——母が英会話！

「全然知りませんでした。失礼しました」

「いやいや、大変な努力家ですな。みんな敬服しています」

と、松永は言った。「いかがです？　卒業式へいらっしゃいませんか。今からなら間に合いますよ」

「はあ……」

母が照れるだろうと思ったが、由美子は、

「ぜひ伺わせていただきます！　場所はどちらですか？」

と、訊いていた。


「――来ていない？」

由美子は、近藤と顔を見合せた。「おかしいわ、二十分以上早く出ているのに」

「そろそろ、卒業式を始めないとね」

と、好紳士の松永校長は心配そうに、「他にも五人ほど卒業生がいるので、そう待てないのですよ」

「ええ、もちろん！　どうぞ始めて下さい。私、その辺、見て来ますわ」

由美子と近藤は、英会話学校の入ったビルを出たものの、

「捜すったって、いつもここへ通ってる母が、迷子になるわけないしね」

と、由美子は困惑している。

「――一つ、気になってるんだけど。いや、もちろん何でもないとは思うけどね」

と、近藤が言った。

「何のこと？」

「さっき、僕らがここへ来る途中、救急車がいたろ？」

「救急車……。そうだったわね。急いでたから、気にもしなかったけど」

由美子はそう言って——。「まさか」

「もちろん、そんなことないとは思うけど……」

二人は顔を見合せ、

「行ってみましょ」

と、由美子が先に立って、小走りに道を急いだ。

現場では、警官が道に出て巻尺で何やら測ったりしている。救急車はもういなくなっていた。

「あの……」

と、こわごわ警官に声をかけ、「何か事故があったんでしょうか」

「ええ、急いで道を渡ろうとしたおばさんが車にはねられてね。今、救急車で運ばれてったとこです。ま、ちょっと助からんかも、あの様子じゃ」

「そうですか……」

由美子は、肩を叩かれて振り向いた。近藤が固い表情で立っている。

「これ、そこに落ちてた」

手にしていたのは金色のバッグ。

「――お母さんのだわ」

由美子はフラッとよろけて、近藤に抱き止められた。

「しっかりして！　まだそうと決ったわけじゃないよ」

「でも、こんな……。お母さんが落として行くわけないし……」

由美子はしっかりとそのバッグを抱きしめた。

すると――パトカーが停って、

「どうもありがとう！　悪かったですね！」

と、響き渡る声……。

「――お母さん！」

「あら、由美子。何してんの、こんな所で？」

由美子は体の力が抜けてまた倒れそうになってしまった。

「お母さんが、そんなこと内緒にしてるからいけない！」

と、由美子は文句を言った。

「だって落第したらみっともないじゃないの」

と、貞代は椅子にちょこんとかけて、「滑り込みね。いつもよく遅刻したわ」

卒業式が始まっていた。

ちょうど貞代の見ている前で、六十歳ぐらいの女性が車にはねられ、救急車を呼んだものの、かなり危い様子だったので、どうしても放っておけず、救急車に同乗して行ったのだ。何しろ三十年も看護婦をしているベテランである。

「でも、何とか命は取り止めそうよ」

と、貞代は嬉しそうに言った。

バッグは汚れてしまったし、スーツも膝をついたりしたせいで泥がついたりしているが、貞代はちっとも気にならないようだった。

由美子は、母の名が呼ばれて、卒業証書を受け取りに緊張の面持ち（おももち）で立って行く母の背を見つめて、

「私、もうちょっとお母さんと二人でいたいなあ」

と言った。

「え？」

隣の近藤がドキッとした様子で、「僕はどうなるんだ？」

「心配しないで。別れるなんて言わないわよ」

近藤はホッと息をつくと、壇上で卒業証書を受け取る貞代へと、由美子と二人で力一杯拍手を送ったのだった。


（初出・「三毛猫ホームズの事件簿」四四号・一九九六年）

館内アナウンス

そのアナウンスは、正に絶妙のタイミングでデパートの中に流れた。

——その日、私が初めてデートした男は、まるきりの当て外れで、会って三十分とたたない内に、「どうやって早いとここいつと別れようか」と考え始めていた。

また、その手の男に限って、「夜までずっと暇なんだ」なんて言い出す。

買物に付合せたら、少しはうんざりするかと思った私は、デパートの中を二時間も歩き回ったのだが、一向に効き目はなく、

「食事の後は公園を散歩しようね」

と来る。

この寒いのに、しかも雨が降ってるっていうのに、公園を散歩？　冗談やめてよ！

結局、デパートの中の喫茶室で紅茶を飲みながら、ここははっきり言うしかない、と心を決めた。

そして、

「悪いんだけどさ、私、今日はこの後、予定があるの」

と言ったのだが、

「付合うよ」

「そうじゃなくて……ちょっと人と待ち合せてるの」

私がそう言ったとたん、ポンポーンという音に続いて、滑らかな女声のアナウンスが、

「お客様のお呼出しを申し上げます。木村マキ様。木村マキ様。おいでになりましたら――」

「ほらね」

と、私は言った。

そう。私の名は木村真樹という。

「行かなきゃ」

と、私は立ち上って、「じゃ、ごめんね」

と、断って、店を出た。

紅茶代は「おごらせてあげる」ことにした。

――私と同じ名前（字はともかく）の人がどんな顔なのか、見て行く気になったのは、待ち合せ場所が一階の出入口近くの案内所前だったから。どうせ通るのだから、ちょっと覗いてみたかったのだ。

澄まし顔の案内嬢の前には、ちょっと渋い感じの男がスーツ姿で立っていた。年齢は三十くらいか。

この男が、「木村マキ」を呼出したのだろう。でも、彼女らしい女性の姿は見当らなかった。

私は、見られないとなると残念で、その近くのハンカチ売場を覗くふりをしながら、「木村マキ」の現われるのを待った。

五分、十分待っても、一向にそれらしい女性はやって来ない。

男の方は、腕時計を見て、ちょっと首を振ると、その場を離れようとした。――

何だ、行っちゃうのか。

がっかりしたところへ、

「木村マキ様。木村マキ様。おいでになりましたら、一階総合案内所前へおいで下さい」

と、またアナウンス。

男は、どうしてだか腹立たしげに辺りを見回して――つい、私はその男と目が合ってしまった。

男は大股（おおまた）に私の方へやって来ると、

「君なのか、あの呼出しをやらせてるのは」

と、詰問（きつもん）するように言う。

妙な言葉である。

「私――木村真樹なんです」

男の剣幕（けんまく）に怖くなって、私はそう言った。

男が、なぜか青ざめると、

「悪い冗談はやめてくれ！」

と言ったのである。

「本当です。同姓同名の人だと思ったんでちょっと覗いてみようと思って……」

男は、半信半疑の様子で、私を見ていたが、私が思い付いて、

「これ、見て下さい」

と、大学の学生証を取り出して渡すと、

「――なるほど、分りました。いや、失礼した」

と、男は少し落ちついた様子で、学生証を返してよこした。

「あの呼出し、あなたがさせてるんじゃないんですか？」

と、私は意外な話に、そう訊いていた。

「違うんだよ。――確かに、木村マキという女性は知ってる。だけど、今日ここで待ち合せているわけでもないし……」

男はイライラしているようだ。

それにしても妙なことだ。待ち合せているわけでないのなら、男がここに来ているのがふしぎである。

「じゃ、他の木村マキさんじゃないですか」

と、私は言った。「大勢人が出てるんですもの。もう一人ぐらいいてもおかしく

ありません」

「それはそうだ。しかしね、それなら、なぜここに現われないんだ？」

「――まだ来てない、とか」

「呼出した人間もいないというのは、妙じゃないか」

言われてみればその通り。けれども、ずっと、呼出してもいない女性を待っている、この男の気持も分らない。

私は、特に待つ理由もないので、行こうとした。ところが、男が私の腕を取って、

「もう少しいてくれないか！」

と言い出したので、びっくりした。

「あの……どういうことなんですか？」

男はため息をついて、

「実は……木村マキという女とは、七、八年も前に付合っていてね。だが、結局うまく行かず、別れた」

口調から、どうやらこの男が木村マキを捨てたらしいと察せられる。

「そしてもう、木村マキのことは忘れていたんだ。ところが――」

男は、自分でも説明が不十分と分っているのだろう、わざとらしくあちこち見回していたが、

「ごめん、君に妙なことを聞かせてしまったね」

と言うと、突然行ってしまった。

呆気に取られて見ていると、若い女性が、デパートに入ってくるところ。

その女性は、男を見て、面食らった様子で、

「あら、どうしてここにいるの？」

「いや、これから待ち合せの店に行こうとしてたら、君が見えたもんだからね」

「何だ、そうなの。じゃ、買物に付合ってくれる？」

「なあ明子、今日は他のデパートへ行ってみないか？」

「え？　どうして？」

「いや……。いつもここじゃ、珍しい物も見付からないと思って」

「ここが慣れてるの。慣れたデパートの方が早くすむわ」

「それはそうだね……」

男が仕方なく、その明子という女性について歩き出す。

他の女性とのデート。そこへ、かつての恋人の名の呼出し。――私にも、少し分って来た。

そして、そのとき、また館内アナウンスが流れたのだ。

「――木村マキ様。木村マキ様。一階総合案内所前で、福田和士様がお待ちです」

それを聞いて、二人が足を止めた。

「今の……あなたの名よ」

「違うよ！　別人だ。僕が呼出すわけないじゃないか」

男はあわてている。福田和士というのだろう。

「木村マキっていったわ。あなた……彼女と別れたんじゃなかったの？」

「もちろんだよ！　これは何かの間違いなんだ！」

福田は、案内嬢の所へ大股に歩いて行くと、

「あの呼出しをやめさせてくれ！」

と、怒鳴った。「誰が頼んでるんだ？」

「あの……」

「あんな呼出しを頼むわけがないんだ！　木村マキは死んだんだから！」

「お客様、何のことか……」

「──ねえ」

と、私は声をかけた。「彼女、出てっちゃいましたよ」

福田が、あわてて明子を追いかけて行く。

私は首をかしげながらそれを見送っていたが……。

「お客様、何か……」

と、声がした。

「いえ……。私、木村真樹というので」

「まあ、そうですか」

どこかで聞いた声だった。

「木村マキは、私の姉です」

と、その人は言った。「福田に捨てられ、自殺したんです」

「それじゃ──」

「福田が、ここでデートの約束をしていると友だちに話しているのを、休憩中だった私は聞いてしまって、それで……」

みごとに仕返ししたわけだ。
デパートの制服を着たその人の声は、館内アナウンスで流れた、その声だった……。

（初出・「三毛猫ホームズの事件簿」五〇号・一九九七年）

日替りメニュー

「食通」として知られ、雑誌などにコラムをいくつも持っているM氏は、常々、

「私はいわゆる『グルメ』とは違う」

と言っていた。

つまり、高級なフランス料理のレストランへ、雑誌の取材費で行って、一本何万円もするワインを飲んで、「旨い！」などと言っているのは本当の「食通」ではない。高くて旨いのは当り前のことだ。

自分の足で捜して、適切で、誰でも安心して入れるレストランを見付け、読者に知らせること。それが本当の「食通」の使命である。

これが、M氏の信念であった。

ある日――あまりにも当り前の構えの小さなレストランの前で、M氏は足を止め

た。

　自宅の近くで、いつも通っている道なのに、いい加減古びているそのレストランに、ずっと気付かなかったのである。つまり、それほど「どこにでもありそうな」店だったのだ。

　M氏の目をひいたのは、〈日替りメニュー〉という店の前に立てかけられた小さな黒板に書かれた文字で、その下に〈同じメニューは二度と出しません〉と書き添(そ)えてあったのである。

「二度と出しません、か……」

　その言い方の潔(いさぎよ)さが気に入って、M氏はその店の少々ガタつくドアを開けたのだった。

「いらっしゃいませ」

　夫婦だけでやっているのが一目で見てとれる。キッチンでは、およそニコリともしない感じの亭主が大して忙しそうでもなく立ち働いていた。

「ご注文は……」

　と、水を持って来た奥さんへ、M氏はためらわず、

「〈日替りメニュー〉を」

と注文した。

出て来たのは、ごく普通の豚肉のソテーだった。付け合せの野菜、サラダにミソ汁、ご飯。——レストランというより「食堂」と呼ぶのが似合う感じだった。

ところが——あまり期待しないで食べたせいもあるのか——これがなかなか旨い。

M氏はここの亭主に興味を持った。


その翌日もM氏はこのレストランを訪れた。

「〈日替りメニュー〉を」

と、注文し、さて何が出てくるかと待っていると……。

「お待たせしました」

テーブルに置かれた盆を見て、

「あ、ちょっと」

と、M氏は呼び止めて、「ここの〈日替りメニュー〉は、二日続けて同じものを出すのかね?」

同じ豚肉のソテーが、皿にのっていたのである。

「いえ、あの……」

と、奥さんが口ごもっていると、キッチンから亭主が出て来た。

「お客さん、何か……」

「店の表に〈同じメニューは二度と出さない〉とあったが、これは昨日と同じだね」

と、M氏が言うと、亭主は無表情なまま、

「ソースが違うんです」

「ソース？」

「肉にかかってるソースがね。三日煮込んで作ったソースなんです。日替りったって、材料を替えるだけが能じゃない。ソースも材料同様大切ですから」

M氏は感心した。

そして、確かにその日のソースは前日と違う味で、それなりにおいしかった。

「ご亭主」

と、M氏は言った。「——私には、今日のソースが昨日と全く同じ味に思えるんだがね」

亭主がテーブルの所までやってくると、

「当然ですよ。同じソースですから」

「しかし——」

「付け合せの野菜を見て下さい。違うでしょ?」

「ああ……。確かに、昨日と一昨日(おととい)は、この玉ネギはなかった」

「うちじゃね、付け合せでも手を抜くことはしないんです。メインの料理と同じように手をかけてるんです」

「なるほど……」

分らないでもなかったが、同じ豚肉のソテーを三日間も食べさせられると、さすがに少し飽きて来たM氏だった。

「サラダが違うでしょ?」

四日目、やはり同じ料理に付け合せまで昨日と同じだったのに、いささかうんざりしたM氏へ、亭主は言った。

「サラダがね……」

「うちじゃ、サラダを単なる添(そ)えものとは思ってないんです。同じ情熱をかけて――」

「分った。分ったよ」

M氏は半(なか)ばやけになって、その日の〈日替りメニュー〉を平らげたのだった。

「ミソ汁が違うでしょう。今日はね、特別に取り寄せた白ミソを使ってるんだ。うちじゃね、ミソ汁だって手を抜いたりしないんだ……」

「ご亭主！」

六日目。M氏は前日とどう考えても全く同じ〈日替りメニュー〉を食べ終ってから言った。

「今日は一体どこが違ってたと言うつもりかね？　私は味だってちゃんと憶えている。ごまかしはきかないよ」

「ごまかしですって？」

亭主はちょっと笑って、「味が違ってたはずですがね」

「何だって？」

「昨日までの米はササニシキでしたが、今日の米はアキタコマチですからね」

一週間め。

M氏はもうほとんど意地になって、同じレストランへやって来ると、

「〈日替りメニュー〉を」

と注文した。

「かしこまりました」

奥さんがいそいそとキッチンへ。

──今日は何だ？「割りばしが違う」とでも言う気かな？

「──お待たせしました」

ややあって目の前に置かれた盆には、熱く匂いを立てるビーフシチューがあった。

「——どうだ？」

と、亭主が鍋の火を調節しながら言った。

「五十人は並んでるわ」

と、奥さんは言った。「三、四時間かかるわ、今並んでる人だけでも」

「あと五分で開店だ。お客さんに、駆け込まないように言っとけよ。この間みたいにけがされちゃ大変だからな」

——レストランはすっかり改装され、お洒落なインテリアの店に生れ変っていた。

きっかけは、「食通」として知られるM氏が、雑誌のコラムで、この店のビーフシチューを絶賛したことだった。

たちまち連日の行列となり、しかも、ほとんどの客が「ビーフシチュー」を注文する。

働いている奥さんも、すっかり垢抜けて若々しくなった。

「しかし、いいアイデアだったたな」

と、亭主は言った。「同じ材料が余って困ってたのを、お前がたまたまMさんに気付いて、とっさに考えた。大した機転だ」

「どんな人だって、同じものを一週間も食べたらうんざりするわ。そこへ違うものを出せば、飛びきりおいしく感じるわよ」

と、奥さんは言った。

「全くだ。──おい、開店時間だ」

「はいはい」

奥さんは、店の戸口へと駆け出して行った……。

（初出・「三毛猫ホームズの事件簿」五五号・一九九八年）

会話

「お久しぶりでございます」

顔なじみのウェイターの言葉は、もちろん当り前の挨拶でしかなかったのだろうが、由美にはいくらか別の気持がこめられているように聞こえた。

「前は、もっとちょくちょく来てくれたのに……」

という恨みごと。

考え過ぎかもしれないが、レストランが数年前には考えられなかったほど空いてしまっているのも事実。

「ここんとこ、経費がうるさくてね」

と、由美は言った。

「奥のテーブルの方が落ちつかれるでしょう」

「そうね」

店内が空いているのに、どういうわけか奥の方のいくつかのテーブルだけは客が入っていた。

――今は、どこも高級フレンチのレストランなど、四苦八苦である。好景気のとき、都心の一等地に次々と支店を出して、今になって客が入らず、苦労しているという話をあちこちで聞く。

同情はするが、広告会社に勤めて、三十代半ばまで独りでやって来た由美にしても、不景気で会社が苦しいのは同じ。どこも必死で生き残るための工夫をしているのである。

メニューを見て、オーダーをすませ、グラスで取った白ワインをゆっくり飲んでいると、新しい客が入って来た。

男女――といっても、どう見ても親子でも、恋人でもない。

男は五十がらみの見るからに横柄(おうへい)なタイプ。連れは、まだ二十歳にならないだろうと思える、これはなかなか端正な顔の少女。

「俺の好みは分ってるだろ！　シェフに言っとけ。先週の肉は安物だったぞ」

と、男の方はウェイターを相手に、もう酔っ払っているかと思うような大きな声を上げる。

「恐れ入ります。――こちらのお嬢様は」

「こいつは何でもいい。魚でも適当にやってくれ」

当人の希望も聞かない。――いやな奴と近くのテーブルになってしまった、と由美は眉(まゆ)をひそめた。

だが、一人での食卓となると、つい他のテーブルでの話に耳を傾けてしまうのは当然というもの。しかも、大きな声でしゃべっていられてはいやでも耳に入ってくる。

――ものの十分とたたない内に、由美はせっかくのオードヴルの味など、ほとんど分らなくなってしまった。

「まあ、運が悪かったってことだよ。でも、世の中にゃ親切な人もいる。分るかい？」

「はい……」

「君はまだ高校生だけど、働いてお金を稼ぐってのが大変なことだってのは分るだろ？　君がどんなに頑張ってバイトしても、月にせいぜい四、五万。ここで食事したら一回でなくなっちまうんだ」

「はい」

高校生！　――しかも、男の方は「高校生」に、無理にワインなど飲ませている。

「親父さんは気の毒だった。でも、泣いてたって、腹は空く。お袋さんの入院費用はかかる。そうだろ？」

「はい……」

「この前も、よく説明しただろ？　弟や妹を学校へやる。君自身も高校だけは出たいだろう」

「できることなら……」

と、少女が蚊の鳴くような声を出す。

「だけどな、今、君がいくら頑張ったって、その全部の費用を稼ぐことなんかできない。お袋さんは具合が悪くなり、弟、妹はどこか親戚にでも引き取ってもらう。君は一人で働いて、やっと食べていく。――せいぜいそんなところだ」

少女は黙っていた。

料理が来て、男はナプキンをパッと広げ、

「さあ、食おう！　──食えよ。旨いだろ？」

「はい、とってもおいしいです」

押し付けがましい奴。少女が一口ずつ、かみしめるように食べているのが、由美の目には痛々しく映った。

「──この前の話、よく考えたか？」

と、食事しながら男が言う。

「母に話そうと思ったんですけど、言い出しにくくて……」

「君が決めればいいのさ。君はもう子供じゃない」

「でも……」

「世の中、金のある奴の勝なんだ。いやでも分るよ、その内」

メインの料理の後、デザートが出て、ケーキやフルーツを盛り合せた皿を前に、少女は、

「きれい……」

と、目を輝かせた。

そして、デザートをひと口食べると、

「おいしい！」

と、ため息のように言って、「弟たちに食べさせたい」

「君の気持一つで、そうできるんだ。――なあ、先方の言う通りにしてりゃ、こういう店に年中来て、食事もできるんだぜ」

――何の話？　由美はドキドキしていた。

「でも……母に何と言えば……」

「親切な方がいて、お金を出して下さってるの、と言えば、お袋さんは何も言わない。絶対だ。ちゃんと分ってくれるよ」

「弟や妹には何て説明したらいいんでしょう？」

「まだ中学生だろ？　遠くの叔父(おじ)さんでもでっち上げて、援助してくれてることにするさ。信用するよ。要は君の決心一つだ」

少女は黙々とデザートを食べ続ける。

――どう考えても、この男、少女を誰かの「愛人」にしようとして言い含めているとしか思えない。

とんでもない奴だ！

由美はカッカと頭に血が上って、気が付くと、もう食後のコーヒーを飲んでいた。

少女は、デザートの皿をきれいに食べ終えると、それがまるで迷いを消し去ったかのように、

「よろしくお願いします」

と、頭を下げたのだった。

「決心がついたか。よし！　それでいいんだ。早速先方に伝えて、条件はできるだけ良くしてもらうからな」

「はい」

「じゃあ、一週間したら、この店で先方と引き合せる。いいね？」

「分りました」

うつむいている少女に、男は上機嫌で、

「君は可愛い。可愛がってくれるさ。甘えりゃ、何でも買ってくれる。な、生活のため、家族のためだと割り切って、できるだけ楽しむんだ」

と、少女の頰っぺたに手など触れて、「早速後で電話しとく。先方も喜ぶよ」

仲介をして、この男もかなり「手数料」を取るのだろう。

男は少女を促して店を出て行く。

由美は、追いかけて行って、

「だめよ、そんなことしちゃ！」

と、叱ってやりたかったが、じゃどうすればいいのかと訊かれたら困ってしまう。

由美だって、よその家を助けるような余裕などない。

「――可哀そうに」

と、つい由美は呟いていた。

支払いをして、レストランを出るとき、由美は、

「来週、同じ時間にテーブル、取っといて」

と頼んでおいた。

あの少女がどうなるか、気になる。

「かしこまりました」

ウェイターは、由美を送り出して、ホッと息をついた。

他のテーブルの客からも、予約は入るだろう。

　――あの二人の「熱演」に、バイト代は払わなくてはならないが、毎日別の客が一週間後の予約を入れてくれたら、大変な効果である。

　それに――あの二人の「会話」に気を取られて、料理の味が少々落ちても、誰も気付かない。

「全く……」

と、ウェイターは呟いた。「生き残っていくのは楽じゃないよ」

　テーブルで客が指を立て、ウェイターは急いで足音をたてずに近寄って行った……。

（初出・「三毛猫ホームズの事件簿」五六号・一九九九年）

二階の住人

全く、最近の家は……。

志村は、ついため息をついてしまう。

「もうちょっと、まともに建てられないのか？」

まあ、志村が住むわけじゃないんだから、どう建てようと個人の自由ではある。

それにしても、と志村は諦め切れずに、その屋敷を見上げるのだった。

昔は、「大邸宅」といえば、堂々たる門構え、手入れの行き届いた日本庭園、どっしりと広がる母屋と洒落た離れ――。

誰でも、そんな家を建てたものだ。

それが今は……。

株や土地で大儲けをした男の新居を捜して来てみれば、目の前にあるのは――巨大なコンクリートの箱。

何とかいう、売れっ子の建築家がデザインしたということで、わざわざ断りがきがしてあるが、何しろ窓が一つもない！

「刑務所じゃあるまいし」

と、志村がブツブツ言ったのも当然だろう。

大体、刑務所だって窓くらいはある。

志村は何年も入っていたので、よく知っていたのである。

泥棒が入らないように、というわけではあるまいが、窓がないなんて、住んでる人間の体に悪いんじゃないか？

志村は本気で心配してしまうのだった。

――ここはだめだな。

やっと捜し当てた「邸宅」を、志村は後にした。

「銀行なんかあてになるか」

少し酔っているのだろう、七十近いと思えるその老人は、たまたま同じテーブルについて他の客に向って、腹立ちをぶちまけていた。

「何億貯金したって、潰れたら一千万しか返さねえだって？　冗談じゃねえ！　今はな、自宅の金庫にがっちりしまい込むのが一番だ！」

聞いている客の方も、笑ってこの年寄りをからかうように、

「何億もじゃ、でかい金庫がいるだろうな」

「もちろん、特別製だよ。金をかけて作らせたんだ。そういうところにケチっちゃいけないのさ」

サラリーマンが帰り道にちょっと寄っていく居酒屋で飲んでいるその老人は、とてもじゃないが、何億も貯金のある大金持には見えなかった。

それでも、長年の勘というのか、どこか気になるところがあって、志村は声をかけ、一緒に飲んだ。

年齢が近いこともあって、相手は志村をすっかり気に入った様子で、その内、息子夫婦のグチを言い始めた。

「新しい家を建てたんだが、何しろ合理的ってやつで、できるだけ家の中を動かないですむように作ってあるんだ。おかげでみんなすっかり運動不足さ」

と苦笑して、「太っちまって困ると、嫁はエアロビだか何だか、しきりに通ってるし、息子もジムで汗を流してる。――むだをするぜ、全く」

「昔の屋敷なら、いやでも歩いたけどな」

「そうなんだ！　昔は広くて長い廊下を、ちょっとした用事でも散々歩いて行ったり来たりしていたもんだ」

と、その老人は肯いた。「いやでも運動してたわけだよ。それが今は……。ま、いいや。どうせ俺は先が長いわけじゃない。息子や孫たちの好きにすればいいさ」

一度遊びに来てくれ、と志村は誘われて、

「ありがとう」

と礼を言った。

志村の分まで払って、その老人は店を出て行った。

「――面白い人だね」

と、志村は店の主人へ、「以前は金持だったのかね」

「今でもですよ」

と、主人は笑って、「こんな店に来てるけど、凄い資産家でね。あんな話をしてると、その内狙われますよって注意してるんですが……」

「ふーん。人は見かけによらないね」

と、首を振って、「――ごちそうさん」

店を出ると、志村は足を速めて、あの老人の後を尾(つ)けた。

少し足がもつれ気味ながら、それでも心地良さそうに夜道をぶらぶらと歩いて、行き着いたのは、大きな二階家。

広い窓がズラッと並んで、モダンではあるが、「まともな家」の作りだった。

〈根岸(ねぎし)〉という表札を確かめて、志村はとりあえずその日は安アパートへ引き上げた。

ふしぎなことに、二階の窓にはほとんど人影がなかった。

「どうなってるんだ?」

――根岸という家が本当に金持で、話していた通り、現金を金庫へしまっているらしいということも、志村は調べ上げた。

そして、その屋敷をちょうど道の向いに眺められるアパートへと越したのである。

そして双眼鏡でしばらく根岸の屋敷を観察した。

泥棒稼業も、これで打ち止めにしようと思っている。確実に現金が狙えるという意味で、これは願ってもない仕事だった。

「やあ、これは……」

ふと双眼鏡を向けると、二階の窓に、先日の老人が現われた。

そして、何を始めるのかと見ていると、大きな布で窓拭きを始めたのである。

運動不足と言っていたから、好きでやっているのかもしれないが、他に誰も姿を見せないところをみると、二階はあの年寄りが一人で住んでいるのかもしれない。

今は老人が邪魔者扱いされることが多い。一階と二階で、別々の生活をしているパターンが多いのだ。

あの老人もその一人なのかもしれない。

——志村は、たとえ忍び込んで見付かっても、あの老人を傷つけるようなことだけはすまいと思った。

その夜、志村は根岸邸へ忍び込むことにした。

——二階から入る。

る。

そう決めていた。

あの老人が窓を拭くのを見ていて、ロックが至って簡単なものだと分ったのである。

折りたたみのはしごを抱えて、深夜の二時に、その建物の下へやって来た。

はしごをのばし、二階の窓へかけると、スルスルと上って行く。まだまだ身のこなしは若々しい。

案の定、窓のロックは簡単に外れた。

「無用心だな。こんなんじゃ、危いじゃないか」

と、呟きながら、志村はそっと窓から中へ忍び込んだ……。

「――この間、一緒に飲んだ男です」

と、根岸は言った。「泥棒だったとは……」

「もう何度も捕まってましてね。しかし、こんな死に方をするとは」

と、刑事は志村の死体を見下ろして言った。

「――可哀そうに」

と、根岸は首を振って、「少々の金ならやって帰したのに」

「まあ、自業自得ですな」

と、刑事は肩をすくめて、「それにしても――どうしてまた、あんな高い窓から忍び込んだんですかね」

「窓を拭くための細い通路はあるんですが……。大方、足を踏み外したんでしょう」

――根岸家は二階建ではなかった。天井が高く、吹き抜けになっていて、高い窓は充分に光を入れるためのものだったのだ。

「幻の二階」へ足を下ろそうとして、志村は床へ落ち、首の骨を折って死んだのだった。

もし、死ぬ前に意識があったとしたら、

「最近の家はどうなってるんだ？」

と思ったに違いない……。


（初出・「三毛猫ホームズの事件簿」六〇号・二〇〇〇年）

老後を考える小学生

「変ったもんですなあ」

もう停年間近の白髪の教師がため息と共に言った。

テストの採点をしていた私は、赤ペンを持った手を止めて、

「何の話ですの？」

と、顔を上げた。

「見ましたか、六年生のアンケート」

と、手にしたアンケート用紙の束をちょっと振って見せる。

「ああ、〈将来は何になりたいか〉ですか。私、まだ見てないんです」

「読んでごらんなさい。――いや、昔は男の子なら〈野球選手〉、〈パイロット〉、女の子なら〈看護婦さん〉、〈スチュワーデス〉……。ま、そんなのが多かったもん

です。ところが、今年の子たちと来たら、〈タレント〉、〈ゲーム作家〉……。中にゃ、〈お金持〉ってのがありましたよ」

私はふき出してしまった。

「私も、なれるもんならなりたいですわ」

「一方でね、〈公務員〉とか……。しかし、この子は父親が四十五過ぎてリストラされたんですよ。〈公務員〉なら、不景気でも大丈夫、とか親が言ったんでしょうかな」

世の中の空気を一番敏感に感じているのは子供たちである。

小学校教師として十年、私の実感だ。

「――卒業式ですね、また」

六年生の担任として、卒業生を送り出すのも、今年で何回目になるだろう?

「では、お先に」

と、その大先輩が帰って行った後、私はテストの採点の手を休めて、自分のクラスのアンケート用紙を手にした。

誰がどんなことを書いているか、見たくなったのである。

このアンケートは六年生の卒業文集にのせるためのものだった。

一枚ずつ見ていくと、〈お笑いタレント〉だの、〈芸能リポーター〉なんて、TVの世界そのままを反映した回答もあり、一方では〈ボランティア〉、〈カメラマン〉といった具体的なものもある。

この子ならいかにも、という回答があると思えば、意外な夢を持つ子もいて、私は楽しく見て行ったが——。

私はふと手を止めた。その一枚の回答が私の目を引き止めたのだ。

〈としとったら、隠居(いんきょ)する〉

これが小学生の〈将来なりたいもの〉か？

当惑して、名前を見ると、クラスの中でもおとなしい男の子だった。

これがこの子の「夢」なのか？

私は何だか気になって、しばらくそのアンケート用紙を眺めていた……。

寒い日だった。

私は、受付で記帳すると、わずかばかりの香典を置いた。

そのとき、相手の私を見る目に、どこか妙なものを感じたが、あまり気にとめずに告別式の式場へ入って行った。

正面の祭壇の写真を見て、ああ、こんな人だった、と思い出した。

正直、会田正人の祖父とは一回しか会ったことがない。父親参観日に、「息子が来られんので」と、代りにやって来たとき、挨拶を交わしただけだ。

それでいて、こうしてお焼香させてもらいに来たのは、孫の書いたアンケート、〈としとったら、隠居する〉が印象に残っていて、その数日後に、その祖父が亡くなったからだろう。

焼香の列に並んで、傍に控えている遺族の方を見ると、正人の父親と母親、そして正人自身も一番前に並んでいた。

正人は、いつも教室にいるときとあまり変らなかった。——おとなしいが、どこか夢見がちな、いつもぼんやりと何か空想に耽っているようなところがある。

お焼香して、遺族の方へ一礼したとき、正人が初めて私に気付いて目を丸くした。

私はちょっと微笑んで見せ、そのまま外へ出た。

学校で山ほど用事が待っている。すぐに帰るつもりだった。

ところが——私はいつの間にか二人の男に前後を挟まれていたのだ。

「失礼ですが——」

と、一人が警察手帳を見せ、「故人とはどういうご関係で？」

刑事？　私は、そういえば会田正人の祖父がどういうことで亡くなったのか、知らずにいたことに気付いた。

「私、小学校の教師です。お孫さんの担任でして」

だが、刑事たちは納得しない様子で、

「確認したいので、告別式がすむまで待っていて下さい」

迷惑な話だった。

しかし、事情を知りたいという好奇心もあって、私は残ることにした。

「——申しわけありません」

正人の父親が深々と頭を下げた。

「いいんですよ。そういう事情でしたら」

「いや、刑事さんも、ひとこと訊いてくれれば、こんなに先生をお待たせしなくてすんだのに……」

　出棺を待つ段になって、控室に刑事の見張りつきで座っていた私は、やっと「面通し」されて身許が分ったという次第だった。

「お父様が殺されたなんて、存じませんでした」

「いや、お恥ずかしい話で」

　と、正人の父親は首を振って、「父は一代で今の会社を作り上げた人です。中小企業ではありますが、経営もしっかりしていて、私もまだまだ当分は父が元気でいてくれると安心していたのですが……」

　正人の祖父は、最近になって若い恋人ができたのだという。

　深夜、自宅近くまで帰って来た夜道で刺し殺されたのだが、その日、恋人と会っていたらしい。

　その「恋人」の証言を聞こうにも、息子も女の名さえ知らず、刑事が「もしかして焼香に現われるかもしれない」というので、見張っていた、というわけだ。

「よりによって、先生を父の彼女と間違えるなんて……。ご迷惑かけました」

　――そう。私が何と、正人の祖父の「恋人」と思われたのである！

「本当に申しわけありません」

正人の母親も恐縮している。

正人は、何かふしぎな目で私を見ていた。

「――じゃ、失礼します」

私は立ち上って、正人に、「また学校でね」

と、声をかけた。

正人は、じっと私を見送っていた。

外では、出棺を待つ人が冷たい風に首をすぼめている。

「――先ほどは失礼」

刑事の一人が寄って来て言った。

「いえ、お仕事ですものね。少し不愉快でしたけど」

と、私は言ってやった。

出棺だ。――私も、ここまで来たら、見送って行こうと思った。

正人の父親が挨拶をしている間、正人はまたふしぎな眼差(まなざ)しで私の方を見ていた。

〈としとったら、隠居する〉

あのアンケートの回答が、思い出された。

ふと、私の頭にある考えが浮かんだ。

棺(ひつぎ)を見送って、私は、

「刑事さん」

と、呼び止めた。

「何か？」

「その『恋人』ですけど、確かにいたんですか？」

「というと？」

「調べてごらんになったら？」

私は、あのアンケートの話を刑事に聞かせてやった……。


卒業式に、正人は母親の方の祖母に連れられて出席した。

「会田正人君」

名前が呼ばれると、式場の中にかすかなどよめきが起った。

もちろん、みんな知っていたのだ。正人の父が、自分の父親を殺したのだということを。

口では、いかにも父親を頼りにしていたようなことを言っていたが、実は早く会社を自分のものにしたくて、父親が邪魔だったのだ。

正人は、両親が話しているのを聞いていた。

「さっさと隠居してくれりゃいいんだ」

——正人は「おじいちゃんが嫌われている」と思った。好かれるには「隠居すればいい」と考えたのである。

それがあのアンケートの回答になった。

正人の父は、「恋人」をでっち上げて、自分が父親を殺したと疑われないように細工した。まさか、息子のアンケートから企(たくら)みが崩(くず)れるとは思わなかったろう。

私は、正人が卒業証書を堂々と受け取るのを見て、安堵(あんど)しながら、力一杯拍手を送ったのである。

(初出・「三毛猫ホームズの事件簿」六五号・二〇〇一年)

頷くだけの新入社員

マンションのロビーを苛々と歩き回りながら、依子(よりこ)はもう三十分も待っていた。

「何をぐずぐずしてるのよ、あの役立たずは！」

と、思わず口をついて出る。

ロビーは格別気温が低いわけではなかったのだが、依子は何度も身震いした。

よく考えれば、深夜三時である。

「大急ぎで来て！」

と言いつけたところで、電車は走っていないし、タクシーもそう簡単には捕まらないかもしれない。

それに、依子も坂上(さかがみ)の住いがどこなのか、はっきりは知らないのだ。三十分が「ぐずぐずしての時間」かどうか、知りようもない。

ケータイがスーツのポケットで鳴った。

「辻井（つじい）です」

「どうなってる。奴はまだか」

社長の里中（さとなか）も苛立っている。

「もう来ると思います。もう少しお待ちになって下さい」

と、辻井依子は言った。

「本当に奴は大丈夫なのかな」

「社長、私にお任せ下さい。坂上君にはよく言って聞かせます」

そのときだった。マンションの正面にタクシーが着くのが見えて、依子は急いで玄関口へと向った。

タクシーを降りて来た坂上は、

「すみません、遅くなって」

と、ボサボサの髪のまま、「場所がよく分らなくて」

「いいのよ。よく来てくれたわね」

依子は、精一杯愛想よく言った。

「それで、急なご用って……」

「それがね。——ちょっと座って」

依子はロビーに置かれたソファに坂上を座らせた。「あなた、今年の春の新入社員よね」

「はあ、そうです」

「社長とお食事会があったでしょ？　そのとき、あなた、自分が何と言ったか、憶えてる？」

「ええと……会社のためなら、何でもしますとか……」

「『どんなことでも』って言ったのよ。『会社のためでしたら、どんなことでもします』って」

「そうでしたっけ」

「そうなのよ！　社長はあなたの言葉にとても感心されてね。あなたのことをよく憶えてらしたの」

「はあ……」

「坂上君。今がその時なのよ」

と、依子は力をこめて言った。「会社のために、あなたが役に立つチャンスなの！　分る？」

これだけじゃ、何のことか分るわけがない。しかし、坂上は黙ってコックリと頷(うなず)いたのだった。


女は薄いネグリジェだけで、寝室の床に倒れていた。

目を開けて、まるで生きているようだ。

「でも死んでるのよ」

と、依子は言った。「後頭部を、あの重いブロンズの像で殴られてね」

――マンションの最上階にある、里中社長の部屋。

といっても、妻子が住んでいるわけではない。この、死んでいる女をここに住まわせていたのである。

「殺す気はなかった」

と、里中は汗を拭った。「言い争っている内につい……」

「――坂上君、分るわね」

依子は、坂上の腕をしっかりとつかんで、

「この女は、あなたが殺したのよ」

「――僕が」

「そう。知江（ともえ）さんは、社長に養われていながら、あなたと恋仲だった。そして、そのことで今夜、二人は言い争った」

依子は、かんで含めるように、「あなたが知江さんを殺したの。いいわね？」

坂上は、さすがにすぐには返事をしなかったが、やがてゆっくりと頷いたのである。


「社長」

と、依子は言った。「警察の方が」

「そうか」

里中が顔を上げた。

社長室は静かだった。

「――坂上君のことについて訊きたいと」

「なあ、辻井君」

里中は、長い間忠実に仕えて来た秘書、辻井依子をじっと見て、

「分った」

「何でしょう」

「あれで良かったんだろうか」

「社長。――お気持は分りますが、今社長を失えば、会社はやっていけません。でも坂上君なら――」

「しかし、やってもいない人殺しの罪をかぶって……」

「坂上君は、今年の新入社員の中でも、一番役に立たない子だったんです。言われたことには何でも『はい』と返事するけど、うまくやれたためしがない。坂上君は、これで初めて会社の役に立ったんです」

「うん……」

「では、刑事さんたちをお通しします」

「ああ、分った」

――二人の刑事は、紳士的な態度だった。

里中が、愛人を囲っていたことについては別に皮肉一つ言わず、

「知江さんが坂上と付合っていることは、ご存知でしたか？」

と訊いた。

「いえ、全く知りませんでした」

「そうですか。坂上のことについては？」

「さあ……。何しろ、全社員では何千人にもなりますので、一人一人のことまでは
よく分りません」

「なるほど」

里中は、

「坂上はどう言っているんですか？」

と、訊き返した。

「あまりしゃべらんのですがね。しかし、本当に知江さんを愛していたようで、ポ
ロポロ涙をこぼしています」

「涙を？」

里中は唖然とした。

まるで知らない女のために、涙を流せるものだろうか？

それとも——本当に「知江の恋人」は坂上だったのではないか。

「ともかく、坂上が犯行を認めているので、特に問題はないでしょう」

と、刑事は言って、「お邪魔しました」

と、立ち上った。

「どうも……」

「しかし、刑事の私がこんなことを言うのは妙ですが——」

と、立ち止り、「今どきの若い連中は変にさめていて、理解に苦しむことが多いんです。その中じゃ、あれほど女に惚れて、あげくに殺してしまった坂上は、却って大した奴だと思えますよ」

里中は胸をつかれた。

「——では」

と、出て行こうとする刑事を、里中は呼び止めていた。

「待って下さい」

「何か？」

「坂上より、私の方が知江を愛していましたよ」

「ああ、分ります。そういう意味で言ったのでは――」

「本当です」

と、里中は胸を張って言った。「私が知江を殺したんですから」

刑事たちは顔を見合せた。

「しかし、坂上が――」

「私です」

と、里中はくり返した。「私が殺したんです」

里中の顔には、ホッとしたような笑みが浮かんでいた。


（初出・「三毛猫ホームズの事件簿」七七号・二〇〇四年）

月末の仕事

この世の中、「早い者勝ち」ということがあるのを知らないわけではない。

しかし、よりによってこの日に……。

ことの起りは、午後五時の終業五分前に部長室へ呼ばれたことだった。

部下に説教するのが趣味という部長である。私は、部長の話が長くなりませんように、と祈っていた。

そして、その祈りは聞き届けられた！

部長の話は十分ほどで終り、私は五時五分には弾むような足どりで課へ戻って行った。

だが、自分の課へ来て、私は思わず足を止め、呆然と立ちすくんでしまった。

――課は空っぽだった。

私が課長を務めるこの宣伝課は、決して大きくはないが、それでも課員は八人いる。

しかし、今、課には誰も残っていなかったのだ。

「おい」

私は隣で残業している経理の奴に声をかけた。「うちの課の連中、どこに行ったか、知ってるか？」

「ああ、みんな帰ったよ」

「帰った？　一人残らず？」

「残ってなきゃ、帰ったんだろ。色々言ってたよ。『子供を迎えに行かなきゃ』とか。何でも、『月末は遅くまで預けておけない』とかって。『月末には女房と食事する約束になってる』とかね。林さんは月末だけ、別れた奥さんが子供に会わせてくれるんだって」

やれやれ……。

しかし、私も今日は帰ると決めていた。たまたま出るのが最後になったが。

机の上を片付けようとして、メモが置いてあるのに気付いた。

〈五時半ごろ、N社の人がゲラを持って来ます。今日中に見て戻すことになっていますので、よろしく。林〉

——冗談じゃないぜ！

私はドサッと椅子に腰を落とした。

「ごめんよ。あと十分くらいで出られると思うんだ。本当に申しわけない」

私は、エレベーターホールに出て、ケータイで花代(はなよ)へ電話を入れていた。

「お仕事なら仕方ないけど、できるだけ早く来てね」

花代の、ちょっと鼻にかかった、すねた言い方が、私の胸をときめかせる。

「もちろんさ！　じゃ、出るときにまた連絡するから」

——私は席へ戻った。

もう六時十五分だ。五時半に来るはずのN社の奴は、四十五分も遅れている。

メモにあった通り、確かに月末の今日にゲラを見て連絡しなくては間に合わない仕事だった。放っておいて帰るわけにはいかない。

私は苛々と指で机を叩いていた。

——花代は、四十五歳の私から見れば、娘のように若い。気紛れで、私の課長としての立場など、全く考えてはくれない。

それでも、花代と過すひととき、彼女の他愛ないおしゃべりに耳を傾ける時間は、私にとって砂漠のオアシスにも等しかった。

その花代と、今夜は食事をすることになっていて、私は今人気のレストランに一か月も前から予約を入れていた。

そんな日に、よりによって……。

机の電話が鳴って、すぐに取ると、

「あ、N社の木下です」

「おい、何してるんだ。こっちは君が来ないんで、帰るに帰れないんだぞ」

と、私は言った。

「申しわけありません！　今、そちらへ向っているんですが、車が混んでまして」

と、木下はちっとも申しわけないと思っていない口調で、「あと三十分もあれば着くと思います」

「あと三十分？」

私は啞然とした。

「何しろ三月末ですから。いつも以上に大渋滞で」

と、木下は、自分のせいでないことは謝る必要がない、と言いたげである。

私が怒る前に、電話は切れてしまった。


結局、私が会社を出たのは七時二十分になっていた。

花代と待ち合せている場所まで、地下鉄で十五分。走って行く方が早ければ、全力疾走しただろう。

むろん、何度もケータイで連絡を入れて、彼女が腹を立てて帰ってしまわないように、必死でなだめた。

地下鉄の中ではケータイが使えない。

私は祈るような思いで、地下鉄が一秒でも早く駅に着かないかとジリジリしていた。

——女房の輝子（てるこ）と待ち合せているときには、たいてい約束の時間より早く着いてしまう。皮肉なものだ。

輝子は、私と花代のことなど全く知らない。まあ、私が外で何をしていようと関心もあるまい。

家では、ほとんど会話らしいものがない。輝子だけでなく、娘も高校生だが、話しかけてもろくに返事もしない。

花代との短い「対話」は、正に私にとって「人間」に戻れる貴重なひとときだった……。

「ごめん！」

必死で走って、やっと花代のもとに着いた私は、喘ぎながら、「これでも——走って……」

「分ったから行きましょう」

と、花代はふくれっつらで言った。「私、お腹が空いて死にそうだわ」

「うん。すぐ——タクシーを拾おう」

花代がむくれるのも無理はない。六時の待ち合せの約束が、七時五十分まで待たされていたのだから。

タクシーはすぐに拾えた。

「十分くらいで着くからね」

ハンカチで汗を拭きながら、私は言った。

しかし――少し行ったところで、タクシーは全く動かなくなってしまった。

渋滞の中へ突っ込んでしまったのである。

「おい、どうなってるんだ」

私は我慢できずに言った。「渋滞してると分ってるなら、他の道を行ってくれりゃいいじゃないか」

しかし、運転手は呑気なもので、

「仕方ないよ。月末だからね」

と言ってのけた。

――やっと目指すレストランの前に着いたとき、私はタクシー代を払うのに文句の一つも言わずにいるのは努力を要した。

いつもなら十分のところを、四十分もかかったのだ。運転手と喧嘩しなかったのは、これ以上むだな時間を使いたくなかったからである。

「――いらっしゃいませ。ご予約は……」

レストランへ入って、私はネクタイをしめ直すと、名前を告げた。

向うは予約のノートを見ていたが、

「七時のご予約でいらっしゃいますね」

「うん。でも、遅れると連絡を入れただろ」

「ただいま八時半でございますから……。もうおいでにならないものと思いまして、他のお客様をお入れいたしました」

私は青ざめた。

「そんな馬鹿な！　こうして、ちゃんと来てるんだぞ」

「はあ……。しかし、一時間半も遅れるとなりますと……。こちらもテーブルを空けておくわけには参りませんので。特に本日は月末で予約がたてこんでおりますので、今からではもう……」

私はカッと頭に血が上った。

「月末が何だというんだ！」

と、相手の胸ぐらをつかんでいたのである。「今日が月末なのが、俺のせいだって言うのか！」

「何があったんだね」

と、刑事は机の向うで言った。

私は黙って取調室の固い椅子に座っている。

「若い恋人がいたって？」

と、刑事に訊かれて、

「彼女は関係ありません」

と、私は答えた。「もう彼女とは別れた――いえ、捨てられたんです」

「それじゃ、どうして奥さんを殺したりしたんだ？」

私は疲れていた。返事をしても、分ってはもらえないだろう。

「――遅く帰ると、私の嫌いなおかずを出したんです、女房は」

「まさか、そんなことで殺したわけじゃないだろ」

「ええ……。『どうして嫌いなものを出すんだ』って言ったら、女房が言ったんです。『今日、スーパーの月末セールで、これが安かったのよ』って……。それを聞いたらカッとして……」

と、私は言った。

――どうしてこの世に「月末」なんてものがあるんだろう……。

（初出・「三毛猫ホームズの事件簿」八〇号・二〇〇五年）

名前を盗む男

「この災難を、新しい生活へのバネとしよう！」

被災地を訪れた首相は、ＴＶカメラに向って、力強く言った。

その姿はＴＶのニュースの時間に流されるのだろうが、現地の人間たちは誰一人、そんな言葉を聞いてはいなかった。

大地震で崩壊したビルから、命からがら逃げ出した身には、総理大臣より一枚の毛布、一箇所の簡易トイレの方がずっと大切であった。

だが、中にただ一人、その言葉にハッとした男がいた。

そうだ。――これはチャンスかもしれない。

町は、ほぼ全滅していた。市役所も完全に潰れ、コンピューターも、その中のデータも灰と消えたのだ。

町の人口の半分近くが死ぬという惨状。火事で焼死した者も多く、身許不明のままになるケースがいくらも出ると思われていた。

「失礼」

薄い毛布一枚で寒さに震えていた彼のところへ、ノートを手にした男がやって来た。

「今、生存者の方の名簿を作ってるんです。お名前を聞かせていただけますか」

一瞬、間を置いて、彼は答えた。

しかし、それは彼の名ではなかった。

新しい名に慣れるのに、時間はかからなかった。

援助物資をもらったりするのも、新しい名前で呼ばれてのことだったから、慣れるのは死活問題だった。

やがて、仮設住宅にも入れることになり、彼は新しい名前で表札を出した。

その名前には、ふしぎな力があるかのようだった。

本当の名前で全くもてなかったのに、新しい名前で食券をもらい、食堂に行ったとき、たまたま隣り合せた、二十四、五歳の可愛い女性と親しくなり、やがて一緒に暮すようになった。

妙なことだが、「振られても、失恋するのは本当の俺じゃない」という気がして、却って気おくれすることがなかったのである。

彼女も今度の地震で家族を失って、一人ぼっちだった。

二人で暮し始めて三か月ほどして、ある男が彼を訪ねて来た。

弁護士だと言われて、一瞬ギクリとしたが、捜していた相手は、新しい名前の彼だった。

思いがけない話だった。

彼が名前をもらった(勝手に、だが)相手は、身寄りも何もない、と言っていたのだが、実は同じ県下の資産家の息子だった。

そしてその親も一族も地震で死に、土地も財産も、すべて彼一人に遺されたというわけだ。

いや、本来の「相続人」は、あの地震で死んでしまっていた。だから彼は安心して、名前を使わせてもらっていたのである。

ところが——。

騙し取る気はなかったのに、彼は他人の財産を一人占めするはめになった。

さすがに気は咎めたが、今さら「別人だ」とも言えず、しかも彼女が妊娠していると分って、彼は素直に財産を受け取ることにした……。

「あなた」

妻が、書斎に顔を出した。

「どうした？」

「お客様よ。客間でお待ち」

「誰だい？」

「よく分らないけど……。古い知り合いだと言ってるけど、何だか——」

と、妻はちょっと眉をひそめて、「少しおかしな感じの人」

「会ってみよう」

と、彼は立ち上った。「太郎は？」

「遊んでるわ、庭で」

——もう、子供は三つになった。

新しく建った屋敷で、親子は悠々と暮していた。

もう彼は以前の名を忘れてしまいそうになる。すべては順調に運んでいるようだったが……。

「お待たせして——」

と、客間のドアを開けたところで、彼は立ちすくんだ。

見知らぬ男が、太郎を膝にのせ、その喉もとへ刃物を突きつけていたのである。

「——何してる!」

彼の顔から血の気がひく。

「ここの主人を出せ!」

と、その男は叫んだ。

「私が主人だ」

「そうか。じゃ、話は早い」

「金か? 金ならやる。その子を離してくれ!」

「図々しい奴だな。お前のせいで、女房は死んだんだ」

「何だって？」

「とぼけるな！　お前が女房を泥棒扱いして、女房はそのせいで自殺したんだ」

「何の話だ？」

「忘れたって言うのか。ここの使用人だった女房は、お前に金を盗んだと疑われて、恥をかいた。クビになり、周囲からは白い目で見られて、耐え切れなかったんだ」

「そんなこと……私は知らない」

「ふざけるな！」

と、男はナイフの切っ先を太郎の首筋へ当てて、「一生苦しめ！　この子供が、自分のせいで死んだと苦しみ続けるがいい」

「待て！　待ってくれ！」

と、彼はあわてて言った。「人違いだ！」

「言いわけはよせ」

と、男は冷ややかに笑った。

「本当なんだ。私はこの家の主人じゃない。全くの別人なんだ。しかし、あの大地震のときに、知り合いだった男の名前を拝借した」

「何のことだ？」

「あのころ、私はギャンブルの借金で追いかけられていた」と、私は言った。「自殺しようとまで思い詰めていたとき、地震が来た……。私は九死に一生を得て、その知人は死んでしまった。それで、私は本当の名前を捨てた」

「それで何かい、この財産を手に入れた？　そんなできすぎた話があるか」

「確かにそうだ。でも事実なんだ。君が恨んでいる、ここの主人は、地震で死んだ」

「騙されないぞ！」

「本当なんだ！　信じてくれ！」

彼は必死で言った。「その子を殺さないでくれ！」

そのとき、男が奇妙な声を上げた。

男の手からナイフが落ちる。

そして、男の体はぐったりと横に倒れた。

「あなた……」

男の背にしていた窓が開いて、外に妻が鋭く尖った包丁を握りしめて立っていた。

「お前……」

太郎を抱きしめる。——妻は、廊下へ回って客間へ入って来ると、

「さあ、向うへ行って」

と、太郎を出し、「聞いたわ。本当なの？」

「ああ。すまない。黙っていて、悪かった」

「でも……これでもう大丈夫ね」

「いや……。またいずれ、こんなことが起るかもしれない。やはり事実を告白するべきだな」

「今さら？」

「罪に問われるだろうが、仕方ない。許してくれ」

彼は立ち上って客間を出た。「またゼロからやり直そう。——なあ」

振り向いた彼の胸に、あの男のナイフが深々と刺さった。

「お前……」

妻に刺された？　どうしてだ？

「これをすべて失うなんて、いやよ！」

と、妻が言った。「あなたはこの男に刺されて死んだ。私が夢中で男を刺した。

――これで話は通るわ」

「待ってくれ……」

「太郎は私がちゃんと育てるわ。安心して」

「安心だって？　馬鹿な……」

目の前が暗くなる。

彼は床に倒れて、段々気が遠くなりながら、もう、自分の本当の名前も、盗んだ名前も、思い出すことができなかった……。

（初出・「三毛猫ホームズの事件簿」八一号・二〇〇五年）

引っ越しは大忙し

「午前六時って、どういうことなんだよ……」

友也（ともや）は、思わずそうグチっていた。

グチると同時に大欠伸（あくび）をしたが、冷え切った早朝の空気を吸い込んで、ブルブルッと身震いした。

「真人（まこと）の奴、ふざけやがって……」

――いいアルバイトがあるから。

大学の友人、真人からの連絡で、友也がすぐに引き受けたのは、何しろ金が欲しかったからで、仕事は、

「引っ越しの手伝い」

ということだったし、それなら体力さえあれば大丈夫と思ったのだ。

ところが、詳しいことはファックスで送ると言われて待っていると、

〈午前6時、K団地B棟入口〉

というファックスが……。

「午前六時？」

びっくりしたが、真人のケータイへかけても通じない。仕方なく、こうしてK団地の中へとやって来たのだが……。

季節は冬。午前六時はまだ薄暗いのである。

「こんな時間から引っ越しなんて、物好きな奴だな」

と、友也は足踏みしながら呟いた。

しかし、妙なことに、もう六時だというのに他のメンバーが現われない。それに引っ越しなら当然トラックが来ているはずだ。

「まさか、俺一人で引っ越し荷物、全部運べって言うんじゃないよな」

と言っていると、突然、

「お前か」

と、すぐ後ろで声がして、友也は飛び上りそうになった。

振り向くと、いかにも引っ越し業者らしいつなぎ服の作業着姿の男が立っている。

「あの……六時って言われて……」

「六時だって？　誰が一体――。まあいい」

と、男は肩をすくめると、「もう上じゃみんな仕事してるぞ。一緒に来い」

もっと早く来てるのがいるのか？

一体、どういう引っ越し屋だ？

半ば呆れながら、それでも友也は作業着の男と一緒にエレベーターで七階まで上った。

「――荷物、多いんですか」

廊下を歩きながら訊くと、男はキッと友也をにらんで、

「廊下でしゃべるな！」

と、押し殺した声で言った。「誰か起きて来たらどうする」

「すみません……」

と、友也は首をすぼめた。

その部屋のドアを開けると、

「おい、あと一人来てたぜ」

「よろしく……」

友也が声をかけても、働いている男たちは手も止めなかった。

「おい、急げ！」

と、リーダーらしい背広姿の男がみんなをせかして回っている。

友也は、すぐに近くの男から、

「おい！　これにロープをかけてくれ」

と言われて、何だかわけも分らずに手伝い始めた。

「あと十分で済ませろ！」

と、背広の男が言った。

どうして引っ越しをそんなにせかしてやらなきゃいけないんだ？

友也は首をかしげた。

少し落ちついて、他の男たちのやっていることを見ると、何だかおかしい。

引っ越しなら、ともかくある物すべて段ボールに詰めたりして運ぶだろうが、見ているとそうじゃないのだ。

「これは？」

「入れとけ」

「これ、どうする？」

「そんなもん、大した金にならねえ、置いとけ」

そんなやりとりがあちこちで聞こえる。

「この家具は値打もんだぞ。傷つけずに運べよ」

と、背広の男が言っているのも耳にした。

確かに、団地の一室にしては、アンティークの、見るからに豪華な家具が色々置いてある。

「宝石、見つけました！」

と、奥の方で誰かが言った。

「よくやった！」

と、背広の男が急いで奥へ入って行く。

「どこにあった？」

「帽子の箱の中に……」

友也は、顔から血の気がひいた。

これって――引っ越しじゃなくて、「泥棒」じゃないのか？

まさか、これが「アルバイト」？

「よし、運ぶぞ」

と、背広の男が言った。「トラックを呼べ」

友也をここへ連れて来た男がケータイを取り出して、

「――もしもし。――今、出るぞ。どこにいる？ ――何だ？ しようがねえな！」

と、舌打ちして、「この下へつけるのに、遠回りしてるそうで、あと五、六分かかるようです」

「ちゃんと下見しなかったのか」

と、背広の男は顔をしかめ、「仕方ない。ともかく運び出そう。――おい、誰か下へ行って、トラックを待ってろ」

みんな一斉に家具や置物を玄関の方へ運んで行く。

すると友也は肩を叩かれ、

「お前、下でトラックを待ってて、来たらすぐ知らせに来い」

　と言われたのである。

「はい！」

　逃げられる！　友也は喜んで出て行こうとしたが、

「おい、顔の分らない奴を行かせても仕方ないだろう」

　と、背広の男が止めて、「お前、行け」

　と、他の男を行かせてしまった。

　友也は、言われるままに品物を玄関へ運び、

「よし、エレベーターへ運べ」

　という命令で、一斉に廊下を重い戸棚を抱えて走った。

「――よし、一度一階へ下ろそう」

　さっきの作業着の男と二人、沢山の荷物を積んで一階へと向う。

　よし、一階へ着いたら逃げよう。知らん顔をしてれば、分るまい。

　友也はそう決心した。ところが――エレベーターは途中三階で停ったのである。

　扉が開くと、赤いコートの若い女性が立っていた。

「あら、引っ越しですか」

と、目を見開いて、狭い隙間に乗って来る。

そしてエレベーターはまた下り始めたのだが――。

その女性が、ふと作業着の男を見て、

「あら、近くのパン屋さんにいた人ですよね」

と言ったのである。「引っ越しのお仕事もしてるんですか」

男の顔がこわばった。――まずい！　後でこれが引っ越しでなく泥棒だと分ったら、男の身許が知れるだろう。

友也は、男の顔が引きつって、右手がポケットへ入るのを見た。ポケットからそっと取り出したのは、カッターナイフだった。刃を出して、何も気付かない女性の背後に――。

エレベーターが一階に着く。扉が開いて、女性が降りて行くと、男はナイフを手に女性の背後に迫った。

とっさのことだった。友也は積んであったブロンズの彫像(ちょうぞう)をつかむと、男の後を追って、その頭へ振り下ろした。

男がのびてしまうと、女性は振り向いて目を丸くしている。

「泥棒なんですよ」

と、友也は言った。「この辺に交番は？」

「そこ、出た所に……。ありがとう！　助けて下さったのね」

友也は、自分でもびっくりした。

「急いで行きましょう！　他にも大勢いるんです」

と、その女性を促して駆け出した。


団地は大騒ぎだった。

駆けつけたパトカー、駆け回る警官たち。

友也は、泥棒の一味が手錠をかけられて連行されて行くのを見ていた。

「――おい、友也」

真人が立っている。

「お前……。今ごろ来たのか？」

「何言ってんだ。午前八時ってファックスしたろ？」

「あれ、『8時』って書いてあったのか? 『6時』って読めたぞ」

「そんなに早いアルバイト、あるかよ」

友也は、あまり腹も立たなかった。

あの女性と、今度の日曜日にデートすることになったからだ。

「引っ越しはどこだ?」

と、友也は言った。「本当の引っ越しだよな?」


(初出・「三毛猫ホームズの事件簿」八七号・二〇〇六年)

ラストオーダー

「大変恐れ入ります」

　愛想のいい、蝶ネクタイのウェイターが、二人のテーブルへやって来て言った。

「間もなくラストオーダーのお時間でございますが、何かご注文の追加はございますか？」

　和男（かずお）は、内心の焦（あせ）りを表に出さないように用心しながら、

「ああ……。そうだね」

　と、妻の由美子（ゆみこ）の方へ目をやった。「お前はどうだい？」

「もう充分にいただいたわ」

　と、由美子は微笑んだ。「あなたは？」

「そうだな……」

和男は少し間を置いて、「何かデザートをもらおうか。お前もどうだ」と訊いた。

「私はもう沢山」

確かに、和男はコーヒーを飲んでいたし、由美子は紅茶を飲んでいたから、今からデザートを注文するのは妙なものだった。

しかし、このままで終っては、計画が台なしである。

「あなた、いつもは甘いものなんか食べないのに」

と、由美子が言った。

「ああ。しかし、今夜は何だか甘いものが欲しい気分なんだ。少し疲れてるのかな」

「じゃ、何か頼んだら？　私はいらないわ。太っちゃう」

ウエイターが、

「でしたら、本日の特製デザートがございます。よろしければ、ぜひおためし下さい」

と、勧めた。

「じゃ、それにしよう。由美子、お前も付合えよ」

「私はいいわよ」

「いや、一人じゃ食べにくいじゃないか。な、デザート一皿ぐらい、どうってことないだろ?」

「それなら……」

と、由美子は苦笑して、「いいわ。私もいただく」

「じゃ、その特製デザートを二つ」

「かしこまりました」

ウェイターは微笑んで、さがって行った。

——やれやれ。

和男はてのひらにじっとりと汗をかいていた。

こんなはずじゃなかったのに!

由美子とは、結婚生活二十年。いつ、何をどうするか、たいていのことなら分っている。

こうして外でフランス料理などいただくと、コースを食べるのに二時間近くかかる。そして由美子は必ず途中で一度は化粧室に立つのだ。

ところが——今夜に限って、由美子は一回も席を立たない。

オードヴル、スープ、魚料理、肉料理と来て、とうとう食後のコーヒー、紅茶になってしまった。

これでは、チャンスがない！

すると、由美子がバッグを手にした。やっと……。

ところが、

「ね、あなた」

と、バッグを開けて、「お友だちが絵の個展を開くの。ぜひ見に来てと言われてるのよ。都合のつく日、ある？」

取り出した、案内のハガキをテーブルに置く。

「そうだな……。土曜日なら大丈夫だ」

ろくに考えずに返事をしていた。

どうなってるんだ！

和男は上着のポケットにそっと手を入れた。粉薬の入った小さな袋が指先に触れる。

　由美子が席を立って化粧室に行ったら、そっと袋を取り出して、中の粉薬を紅茶の中に入れる。レストランはもう大分空いて来ているし、少し薄暗くなっているから、誰にも気付かれまい。

　粉薬は毒薬というわけではないが、由美子の持病にとっては致命的な結果をもたらすのである。

　たぶん、数分で由美子は倒れるだろう。救急車を呼んだりする騒ぎの中、和男がパソコンで打った〈遺書〉を、由美子のバッグの中へ滑り込ませるのは容易なことだ。

　由美子の「覚悟の自殺」と判断されて、一件落着となるだろう……。

「――お待たせいたしました」

　デザートの皿が置かれる。

　和男は、由美子が「いらない」と言っていたくせに、デザートをアッという間に食べてしまうのを眺めて、ため息をついた。

　畜生！　どうなってるんだ。

だが、和男がデザートを食べ始めると、由美子がバッグを手に、

「ちょっとお化粧直して来るわ」

と、立ち上ったのである。

やっとだ！　和男は、由美子の姿が見えなくなるのを待って、ポケットから取り出したビニール袋を裂き、粉薬を紅茶へ入れた。

スプーンで軽くかき混ぜると、サッと溶けてしまう。

――これでいい。

これで、あの可愛いアキと結婚できる。

まあ、年齢は二十近くも違うし、向うが好きなのは和男自身より和男の財布かもしれないが、それでもいい。

ともかく、あの可愛い子を「妻」として連れて歩きたいのだ。

何十年も、必死で働いて来た。これぐらいの楽しみがあってもいいじゃないか
……。

由美子が戻って来た。

「おいしいデザートだったわね」

「うん……」

「ああ、久しぶりだわ、こんな気分」

と、由美子は言って、紅茶を一気に飲み干した。

和男は一瞬ドキッとした。

これで良かったのか？　俺はとんでもないことをしたのでは……。

しかし、もう遅い。今さら悔んでも……。

和男はデザートを食べ終ると、ナプキンで口を拭い、立ち上って、化粧室へ行った。

由美子が苦しんで倒れるところを、見たくなかったのか……。

だが、もう遅いのだ。

救急車がレストランの前に停っていた。

「もう手遅れですね」

と、やって来た救急隊員が言った。「ご主人は心臓の持病が？」

「はい」

と、由美子は肯いた。「薬は持ち歩いてますけど、トイレで倒れたので、のむ余裕がなかったんでしょう」

由美子はハンカチで涙を拭った。

「私がもっと早くおかしいと思って、様子を見に行けば……」

「いや、発作は突然ですからね」

と、救急隊員が、慰めた。

「奥様、大丈夫ですか？」

と、あのウェイターが声をかけて来る。

「ええ、ありがとう。──ご迷惑かけて」

「とんでもない」

夫が運び出されて行くのを、由美子は見送って、チラッと振り返った。

あの「愛想のいい」ウェイターと目が合うと、由美子の口もとに、かすかな笑みが浮かんだ。

──これで良かったんだわ。

夫が恋人を作っていること、由美子の生命保険の金額を急にふやしたこと、そして今夜由美子を殺そうとしていること……。

すべて分っていた。

粉薬は、あらかじめただの砂糖と入れ替えておいた。

そう。夫があのデザートを注文してくれて良かったわ。

由美子の恋人――あのウェイターが、和男のデザートに、薬を入れておいたのだ。

いいわよね、これぐらいのこと。

あの人の浮気に散々泣かされて来たんだもの。この年齢で出会った、あのウェイターと、あと何年でもいいから幸せに暮したい。

これが私の「人生のラストオーダー」なんだもの……。

「また、お待ちしております」

と、ウェイターが愛想良く言った。

（初出・「三毛猫ホームズの事件簿」九二号・二〇〇八年）

眠れぬ熱帯夜

「いやあ、参ったね！」

友人は、私の顔を見るなり言った。

私は呆(あき)れて、

「どうしたんだい、一体？」

と言った。

「どうした、って……。決ってるじゃないか、今年の暑さだよ！　三十何年か生きてるけど、憶えてる限りで、こんな暑い夏は初めてだ。――ああ、コーヒーを」

と、友人は水を持って来たウェイトレスに注文した。「安心してホットが注文できるってのは、いいね。本当に、永久に秋にならないんじゃないかと思ったよ」

「大げさだな」

と、私は笑った。「まあ、僕だってそんな気分になったがね。しかし、何より辛かったのは、夜、暑くて眠れないことだね」

実際、TVの天気予報でも、毎夜「熱帯夜」になるのは当り前になって、却って新聞にもTVにも、「熱帯夜」という言葉を見なくなってしまったのだ。

「同感だな」

と、友人は言った。「俺はもともと夜中に目がさめるくせがあるんだ。タイマーをかけてクーラーを入れて寝ても、目をさますころはムッとする暑さで、パジャマが汗でぐっしょりになってる」

「大変だったな」

「しかし……」

と、友人はちょっと遠くを見るような目つきになって、「そのおかげで、めったにできない経験をしたんだ」

「へえ。どんなことだ？」

「うん……」

友人は、ホットコーヒーが来ると、一口ブラックのまま飲んで息をついて、「熱帯夜の続いた中でも、格別暑い夜だった……」

起き出して、汗でベトついた体をタオルで拭いていたときだった。

玄関のドアの外で、ガタン、バタン、と何かが倒れるような音がした。——彼は手を止めて、玄関へ出てみたが、その後は何の音もしない。

何でもないのか、と思ったが、どうも気にかかり、サンダルを引っかけると、ドアのスコープに目を当てた。アパートの廊下が見えるが……。

彼は、誰かが倒れているのに気付いて、びっくりした。放ってもおけない。

パジャマの上をはおって、ドアを開けてみると——。ちょうど彼の部屋の前で、スーツ姿の若い女が倒れていたのだ。

これは、奥の部屋で一人暮しをしている女性だ。何の仕事をしているのか知らないが、よく午前一時二時に帰って来る。

「ちょっと。——大丈夫ですか？」

と、声をかけたが、返事がない。

「参ったな……」

　と、彼は頭をかいた。

「どうもすみません」

　その女性は、大分顔色も戻って来て、彼の出した冷たいウーロン茶をガブガブと飲み干した。

「いや、びっくりしましたよ」

　と、彼は言った。「救急車を呼ぼうか、どうしようか、って迷ったんですがね」

「軽い熱中症ですね、きっと」

　と、彼女は微笑(ほほえ)んで、「遅くまで仕事してるものですから」

「そのようですね。何の仕事を？」

「フリーの編集者です。時間もバラバラですし、休みなんかあってないようなもんで」

「ああ。大変ですね」

「すっかりお邪魔してしまって……」

「いやいや。もう大丈夫ですか？」

「ええ。——これで明日は朝七時起きです」

と、彼女は立ち上ったが……。

彼女は、棚に飾ってある何枚かの写真をじっと見て、

「これは……あなた？」

「ええ。ずいぶん昔の写真ですよ」

「山本(やまもと)……もしかして、良介(りょうすけ)とおっしゃいます？」

「ええ。でも、どうして——」

「じゃあ、あの良介君？　私、吉原(よしわら)みどりよ」

「え……」

彼は、遠い記憶のページを必死でめくった。

みどり……。みどり……。

「ああ！　じゃ、高校で一緒だった？」

「そう！　まあ、びっくりしたわ」

と、彼女は首を振って、「まさか、こんな近くに住んでるなんて」

「本当だね」

正直、彼はこのみどりという女性を、そうはっきり憶えているわけではなかった。ただ、確かに高校生のころ、付合ったことはある。

「日本に帰ってたのね」

と、彼女は言って、壁に掛けてあるアフリカの面を見ると、「このお面、向うのお土産？」

と訊（き）いた。

彼は、何のことを言われてるのか、よく分らなかった。

「いや……。それは友だちにもらったんだ」

「そう。あなたはどれくらい向うに行ってたの？」

訊かれて当惑する。

「向う、って？」

「アフリカよ。だって、アフリカに行って、難民の救済のために働いてたんでしょ？」

「僕が？　いや……。僕は日本から全然出てないよ」

と、彼は笑って、「誰か、他の男と間違えてるんじゃないの？」

彼女はしばらく黙って彼のことを見つめていたが、

「——そうかもしれないわね」

と、曖昧に言って、「じゃあ、これで」

と、いやにそそくさと出て行った。

「アフリカか……」

彼も、かすかにそんなことを言った気がして来た。あの子に言ったのだったかな?

「さて、寝るか」

と、欠伸をすると、ドアを叩く音がして、

「ごめんなさい。忘れ物して」

と、彼女の声。

「あ、ちょっと待って」

ドアを開けると、彼はギョッとした。いきなり目の前に鋭く尖った包丁を突きつけられたのである。

「君……一体……」

と、後ずさる。

彼女は入って来てロックすると、

「憶えてないのね！　ひどい人！」

と、彼をにらみつける。「大学を選ぶとき、あなたは言ったわ。『僕はアフリカで人の役に立ちたいんだ。君との付合いも無理になるけど、僕の夢を叶えるためだ。許してくれ』って」

「僕が……そんなことを？」

「そうよ！　私は泣いてあなたにすがりついた。——そして、あなたと初めての経験をしたわ」

「そ、そうだっけ？」

「何て人なの！　嘘をついて、女の子を騙して」

「いや……。待ってくれ！」

彼は尻もちをついた。「そんな……昔のことじゃないか！　今さらそんなこと言われても——」

「昔のこと、ですって？　卑怯者！」

と、包丁を両手で握って、「私はね、あのとき、あなたの子を身ごもったのよ。あなたは町を出て行ってしまってたし、怖くて親にも言えず、もう堕ろせなくなってから白状した。小さな田舎町で、両親はショックで老け込んでしまい……。私のせいで両親は早死にしてしまったのよ」

「僕は知らなかった……」

「生れた子供は里子に出した。——あなたは私たち一家の生活をめちゃくちゃにして、しかも私のことなんかケロッと忘れてるのね！　許せない！」

包丁の刃先が迫って来る。

「待ってくれ！　悪かったよ。僕は気軽な遊びのつもりだったんだ……」

「殺してやる！」

と、彼女は包丁を構えた。

「——それで？」

私は、コーヒーを飲むのも忘れて、友人の話に引き込まれていた。

「うん……。それだけさ」

と、友人は言った。

「——それだけ？」

「うん」

「でも、どうなったんだ、それで？」

「どうもならないよ」

と、友人は言った。「そこで目がさめたんだ」


（初出・「三毛猫ホームズの事件簿」一〇二号・二〇一〇年）

開かない箱

「今どきの若い奴は、なっちゃいないぜ、全く！」

酔ってもつれた舌で、そのサラリーマンはグチった。

もつれているのは舌だけではなく、足もともかなり危い。

「おっと――。ごめんよ」

そのサラリーマン、駐車してあったライトバンにぶつかってしまい、ちょっと詫びてからフラフラ歩いて行った。

「あの野郎」

と、車の中で一人が言った。「ぶっとばしてやりますか」

「やめとけ」

静かな、しかしよく通る声で後部席の男が言った。「これからが肝心の仕事だ。

つまらないことに係り合うな」

「へえ」

——すべて、予定通り運ばなくてはならない。考え抜いた計画だ。ささいな手違いでしくじったりしたくない。

今どきの若い奴は、か……。

何千年も前の遺跡が発掘されたとき、その壁に、全く同じグチが彫られていたとか。いつの世も、大人が若い者を見る目は変らないらしい。

「彼」は、この世界で「X」と呼ばれている。

どんな鍵も開けてしまい、最新型の金庫も「X」の手にかかると、いともたやすく開けられる。

今夜、「X」はその人生でも最大の挑戦をすることになっていた。あと二十分もすれば……。

仕事に係る人間は少ない方がいい。しかし、どうしても最低限必要な人数というものがあり、今夜、「X」は三人の子分を連れていた。

「よし、行くぞ」

時間を見はからって、「X」はライトバンを降りた。一人はこの車で待機する。腕の確かなドライバーだ。

二人の子分を連れて、有名宝石店の通用口へ回る。

分厚いドアの前で、「X」は子分の一人を振り返り、

「大丈夫だな？」

「あと一分です」

この子分は、長いこと「X」と組んで仕事をして来た男で、防犯設備などの電気系統に強い。

この宝石店のあらゆるセンサーや通報装置が作動しなくなるように、火薬を仕掛けた。

「あと五秒」

と、子分が言うと、カチッとかすかな音がした。「すみません、四秒早かったようで」

「X」はポンと子分の肩を叩いた。

ドアは開いた。中に入ると、ガードマンの部屋がある。

そっとドアを開けると、二人のガードマンが倒れている。コーヒーに入っていた薬で眠っているのである。

「少ししか飲んでいないと、気が付くかもしれない。──この二人を縛り上げて、見張ってろ。分るな？」

もう一人の子分は、まだやっと二十歳の若者で、今夜が初仕事だ。健一というこの子分を連れて来ることに、他の二人は反対したが、「X」は、

「誰にだって初めてってものはあるさ」

と、笑って言った。

確かに健一はあまり役に立つとは言えない。さっきのサラリーマンが「今どきの若い奴」と嘆いていたのが当てはまる。

しかし、「X」は健一が命令に忠実で、無器用なりに必死で働くのを見て、今夜の仕事に加えることにした。もちろん、今までのような使い走りではなく、本格的な「盗み」である。

健一も緊張していた。

「分ったな？」

と、「X」に念を押されると、

「はい！」

と、直立不動の姿勢になる。

「ロープと口をふさぐガムテープはあるな？　よし、頼んだぞ」

「はい！」

「X」は腹心の子分と共に、店の奥へと向った。

それはライトに照らされて、まばゆい輝きを放っていた。――時価十億円のダイヤモンドをちりばめたティアラである。

「X」はニヤリと笑った。

普通なら、こんな貴重な物は金庫に入れておく。しかし、あえて店は展示したまま、夜も置いているのだ。

それは、今、ティアラが入っている強化ガラスの箱は、誰にも開けることができないと思われているからである。

「誰にも？」

と、「X」は呟いた。「自信過剰はいけないぜ……」

「やれやれ……」

と、「X」は汗を拭った。「さすがに手ごわかった」

いつもの金庫のように、五分や十分というわけにいかなかった。

その「開けられない箱」は確かに「X」にとって初めて出くわす強敵だった。

それでも——約一時間かかって、ついにやった!

今、そのティアラは「X」の手にあった。

「お疲れさんです」

と、子分が言った。

「手に入れたら引き上げよう」

と、「X」はティアラをビロードの袋に入れて、「健一の奴、気が気じゃないだろう」

二人が通用口へ向うと、ガードマンの部屋の前で、健一が立っている。

「待たせたな。ちゃんと手に入れたぞ」

と、「X」は健一の肩を叩いて、「さあ、行こう」

「はい……」

――深夜の道へ出ると、三人はライトバンへと急いだ。

「済んだぞ」

と言って、「X」がスライドドアを開けると――。

「ご苦労さん」

と、「X」と顔見知りの刑事が言った。

同時に、警官が数十人、ライトバンを取り囲んだ。

「――すいません、親分」

と、ドライバーの子分が言った。

「なあに、謝るのは俺だ。しくじって、お前たちも刑務所だな」

「X」は潔く盗んだ品を刑事に手渡して、「しかし、どうして分ったんだ?」

「通報があってな、店のガードマンから」

「何だって? じゃ、健一が裏切ったっていうのか?」

「違います!」

と、健一が頭を垂れて、「すみません!」

「じゃあ、どうしたっていうんだ?」

「あの……」

健一は口ごもりながら、「ガードマンを縛ろうとしたんですが……」

「すぐ目を覚ましたのか」

「いえ、三十分くらいは眠ってました。でも――僕、三十分かかっても、ガードマンを縛れなかったんです。どこをどう縛って、結び目をどうしたら作れるのか、分らなくて。その内、二人とも目を覚ましちゃって……」

健一は頭をかいて、「すみません。荷物も作ったことがなくて……」

「X」は愕然(がくぜん)としていた。

全く……今どきの若い奴は!


（初出・「三毛猫ホームズの事件簿」一〇八号・二〇一二年）

夏のアルバイト

十代最後の夏。——とくれば、「甘酸っぱい恋の思い出」でなくちゃならない。

僕の大学の友人たちは、そのチャンスに恵まれていた。にぎわう海水浴場で、「海の家」のバイト。

弾ける(はじ)ような魅力のビキニの女の子たち。その中には、一人や二人、気の合う女の子がいるだろう。

うまく行けば、波の音を聞きながら甘い一夜を……。それはまあ、万に一つのことかもしれないが。

しかし、僕に割り振られたアルバイト。それは——。

「いらっしゃいませ」

と、ドアを開けて、上体を30度の角度に折り曲げる。

そして出て行く客を、

「ありがとうございました。またのおいでをお待ちしております」

と言って送り出す。

海には近いが、高級リゾートホテルのメインダイニングのボーイ。友人たちは、

「クーラーが効いてていいじゃないか」

と言ってくれるが、こっちは面白くも何ともない。

ベンツだのポルシェだので乗りつけてくる、そっくり返った偉そうな客ばかりが相手である。たまにはハッと息を呑むような美女もいるが、一緒にいるのは腹の出た、脂ぎったおっさんばかりだ。

こういう高級レストランは、客で来るならいいが、働く所じゃない！　客が食べてるところを眺めているだけで、こっちはフォアグラもトリュフも味わったことがないのだ。

まあ、ブツブツ言いながら、ここでのバイトが一週間たったとき、奇跡は起きた。

夏の休暇を取っていた給仕長が戻って来たのだ。これが、三十歳になるかどうかの、きりっとした美人で、仕事に関しては厳しかったが、レストランが閉った後に

は別人のように暖い笑みを見せて、バイトの僕やウェイトレスの子たちに一杯カクテルをおごってくれたりする。

決して年上好きというわけじゃなかったが、僕はアッという間に知代さんにいかれてしまった。知代というのが、彼女の名前である。

その客は、ちゃんと知代さんが仕事に戻る日を承知していたのだろう。その当夜からやって来た。

「いらっしゃいませ、土方様」

ここのなじみの客なのだろう、知代さんは自ら出迎えて席へ案内した。

すっかり頭の禿げ上った、五十歳にはなっていようという男で、いやになれなれしく知代さんの肩に手をかけたりするのを見て、僕はカッと頭に血が上った。

しかし、さすがは知代さんで、もちろん愛想よく相手はするが、決してその土方という男一人を特別扱いすることはなく、どの客にも平等に接していた。

――土方が知代さんを目あてに来ていることは、誰の目にも明らかだった。何しろいつも一人で来て、知代さん以外のウェイター、ウェイトレスには見向きもしない。

　オーダーも、料理を出すのも下げるのも知代さんでなければならなかった。

　そして、テーブルで支払いをするとき、必ず小声で知代さんに何かをささやく。

　知代さんは笑って、

「お客様とのお付合いは禁じられておりますので」

　と言うのだった。

　――そんな日が一週間ほど続いたある夜、少し遅くなった僕がホテルのバーを通りかかると、知代さんが一人でいるのが目に入った。

　何か考え込んでいるようなその横顔に、つい見とれていると、知代さんが僕に気付いて、

「原口君。どう、一緒に？」

　原口とは僕の名前である。

「――どうかしたんですか？」

　と、僕は訊いた。

「ちょっと……。土方さんのことでね」

「ああ……。毎日、よく通って来ますね」

「お客と個人的にお付合いするのは禁じられてるの。でも、上の方からは、『大事なお客だから、たまには付合え』って言って来てる」

「そんな……。プライベートに口出すなんて！」

「そうよね。——土方さんはこのホテルの支配人と古い友人なのよ」

「僕……。何か力になれたらいいんですけど……」

たかがアルバイトに何ができるだろう？

知代さんは微笑(ほほえ)んで、

「ありがとう。その気持だけで充分だわ」

その瞬間、僕の胸はキュッとしめつけられるように痛んだ。——何とかして、あの土方を追い払ってやる！

チャンスは三日後にやって来た。

その夜はいつになく混んで、土方のテーブルにも、知代さんがかかりきるわけにいかなかった。

「原口君、土方様にコーヒーをお持ちして」

知代さんに言われて、僕は棚の奥に隠しておいたシュガーポットを取り出し、盆にのせた。

「お待たせいたしました」

土方は、知代さんでなく、僕が持って行ったので不機嫌そうだったが、コーヒーぐらいは仕方ないと思ったのか、文句は言わなかった。

土方はいつもコーヒーに砂糖をたっぷりスプーン三杯入れる。この日ももちろんそうだった。

ゆっくりかき回して、カップを取り上げる。僕は少し離れて立って、様子を見守っていた。

一口飲んで、三秒後には土方の顔が真赤になった。

「何だ、これは！」

レストラン中に響く声で、土方が怒鳴った。

そりゃそうだろう。スプーン三杯も塩を入れたコーヒーがどんな味か。

知代さんが飛んで行った。

「どうかなさいましたか」

「何のつもりだ！　このコーヒーを飲んでみろ！」

相手が知代さんでも、さすがに土方は怒り狂っている。知代さんは、

「失礼いたします」

と言って、カップを取り上げ一口飲んだ。

土方は苦々しげに、

「常連客に対して、こういうことをするのがこのレストランのやり方か」

すると――少しして知代さんは何とそのコーヒーを再び飲み始めたのだ。そして全部飲み干すと、平然として、

「ごちそうさまでした」

と言ったのである。

土方は言葉もなく、じっと知代さんを見ていたが、やがてナプキンを投げ捨てて、出て行ってしまった……。

知代さんは、僕に、

「片付けて」

と言って、他のテーブルに向った。

当然のことながら、この出来事は上の方の耳にも入り、僕はクビになった。

でも、僕は満足だった。あれでもう土方は知代さんにつきまとわなくなるだろう。

——夏が終り、秋になって間もなく、思いがけず知代さんから手紙が来た。

それを読んで、僕は気絶するかと思った。

大企業のオーナーだった土方は、女を信用しない男で、知代さんのことも「金を出すから愛人になれ」と誘っていたのだという。

ところが、あの日、知代さんが塩入りのコーヒーを顔色一つ変えずに飲み干すのを見て、すっかり感服し、

「君になら私の会社を任せられる」

と言って、プロポーズして来たのだ。

〈愛人なんて絶対にいやだけど、妻に、と言われたら話は別。私、土方さんと結婚することにしたわ。ありがとう。原口君のおかげよ！〉

手紙を二度読む勇気はなかった。

――十代最後の夏は、こうして「甘酸っぱい」のでなく「塩(しょ)っぱい恋」の思い出と共に終った……。

（初出・「三毛猫ホームズの事件簿」一一〇号・二〇一二年）

クラス替え

「あの……」

香代子は、自分でもびっくりするくらい、小さな声しか出なかった。

ちょっと咳払いして、

「失礼します」

と、職員室の中を覗き込んだ。

「はい」

一人、残って仕事をしていた若い女性が振り向いて、「あ、宮本さんですね」

「内田先生、申し訳ありません」

香代子はおずおずと職員室の中へと入って行った。

「いいえ、どうせ仕事があって。さ、おかけ下さい」

内田有紀子は、まだやっと三十になったばかりの、きびきびとして若々しい教師だった。

「何か、佑香ちゃんのことで……」

「そうなんです」

香代子は肯いて、「あの子、引込み思案で、なかなか周囲にも慣れないんで……」

「あのくらいの子はいくらもいますよ」

と、内田有紀子は言った。「ご心配になるほどではありませんわ」

香代子の娘、佑香は今小学一年生。あとひと月ほどで二年生になる。

「そうでしょうか……。それで、先生、うちの子と、早野さんのところの昌子ちゃんの間に何かあったんでしょうか？」

「何か、といいますと？」

早野昌子も佑香と同様一人っ子。佑香より半年ほど生れが早く、しっかりした子である。初めの内、学校へ行くのをいやがっていた佑香が、喜んで通うようになったのは、昌子と仲良くなったからだ。

たまたま家も近所で、学校から帰ると、二人はほとんど毎日一緒だった。

「それが、このところ急に一緒に遊ばなくなって……。『何かケンカでもしたの？』って訊いても、何も言わないんです。昌子ちゃんのお母さんに伺っても、あちらも同じ様子らしくて……。先生、何かご存じかと思って」

内田有紀子は、香代子の話を聞くと、

「そのことですか」

と、ちょっと笑って、「それなら、全くご心配には及びません」

「はあ……」


「クラス替えだって？」

香代子の夫、宮本修一はネクタイを外しながら、「それがどうかしたのか」

「あの小学校、二年に上るとき、クラス替えがあるの」

と、香代子は夫の背広をハンガーにかけながら言った。「そのときにね、少しでも色んなタイプの子と仲良くさせるために、特別仲のいい子同士は別のクラスにするんですって」

「なるほど」

「子供たちも、ちゃんとそれが分っていて、別のクラスになりたくないから、学年の終り近くになると、急に仲が悪くなったふりをするらしいの」

「へえ！　子供も考えるんだな」

「毎年、必ずそういう子が何人かいるって、先生はおっしゃってたわ」

「そういうことか。しかし、先生はちゃんと見抜いてるんだな」

「そういうことね。——せっかく佑香も昌子ちゃんと仲良くしてもらってるから、可哀そうな気もするけど……。でも、ご近所なんだから、帰って来てから遊べばいいし」

「そうだな。子供は、親が心配するほどは深刻に考えてないさ」

と、宮本修一は欠伸をして、「おい、風呂、入れるか？」

「あなた！」

香代子は夫の手を握りしめた。「早く……早く、消防車が……」

夜風の冷たさも気にならなかった。今、目の前で、家が火に包まれている。

それは香代子の家ではなく、早野家——昌子の家だった。

「やっとサイレンが……」

「遅いな！　もうほとんど全焼してる」

「昌子ちゃんとご両親、逃げられたのかしら？」

やっと消防車が駆けつけたが、ホースの準備をしている間に、ほとんど早野家は焼け落ちていた。

「家へ入ろう」

「ええ……でも……」

香代子は一人残って、近所の他の人たちと消火の様子を眺めていたが……。火に照らされて立っている佑香と昌子を見てびっくりした。

「佑香！　昌子ちゃん！」

と駆け寄って、「どうしたの、こんな所で。昌子ちゃん、お父さんお母さんは？」

昌子は黙って首を振った。

「佑香も家に入って。昌子ちゃんも一緒に」

「うん」

昌子が香代子に手を取られて、玄関を入ると、佑香が香代子をつついた。

「どうしたの？」

「あのね、私と昌子ちゃん、本当に仲が悪いんだよ」

「え？」

「だから昌子ちゃんのお家に火をつけたんだもの」

香代子の顔から血の気がひいて行った……。

「今思えば……」

と、若い母親が言った。

「本当ね」

もう一人の母親が肯く。「子供って、とんでもないことを考えるわ」

「あのときは、あなたと離れたくないってことだけしか頭になかった」

と、佑香は言った。「お母さんが話してるのを聞いてしまって、何とかしなきゃ、って……」

佑香と昌子は、かつて早野家のあった場所の前に立っていた。今、そこは小さな公園になって、桜の木が満開だった。

「でも、あの日は両親が遠い親戚の所へ行ってて、無事だったから」

と、昌子が言った。「佑香のお母さん、大変だったよね」

母、香代子は、火をつけたのが娘だということを隠し通し、早野家には何千万かのお金を払って、生涯その借金を返し続けた。

「でも……」

と、佑香が言った。「今でもおかしいと思うわ。せっかく仲のいい子ができても、それを引き離すなんて。大きくなれば、どうせ他に沢山友だちができるのに。学校って妙なところね」

「そうね。――さ、行きましょ」

佑香と昌子は、どちらも新一年生の子供を連れて、入学式へと向った。

二人とも、クラス替えの心配はしていなかった。子供が少なくて、一学年一クラスしかなかったからだった。

（初出・「三毛猫ホームズの事件簿」一一二号・二〇一三年）

と、母親はこれ以上は曲げられないというくらい、深々と頭を下げて言った。

「どうかよろしくお願いします」

「大丈夫ですよ」

と、私は肯いてみせて、「任せて下さい。啓一君とよく話してみますから」

「どうかよろしく……」

母親は、くり返しそう言って居間に戻って行った。

「やれやれ……」

私はため息をつくと、階段を上り始めた。——これも仕事の内か？

会社と契約しているカウンセラーとしては、確かに心の病いを抱えて、会社に来られなくなった社員のケアをすることは「本業」とも言える。

しかし、この場合は……。

二階のすぐ目の前のドアに、〈ドントディスターブ〉の札がかかっている。私は苦笑した。いかにもホテルマンらしい。

私は一つ息をついてから、ドアをノックして、

「内山(うちやま)君。カウンセラーの林(はやし)だ」

と、声をかけた。「ちょっと話がしたいんだがね」

反応があるまで、たっぷり三分はあった。ましな方だ。あせってはいけない。

「――林先生ですか？」

と、ドア越しに声がした。

「うん。ドアを開けてくれるかい？」

さらに待つこと三分。ドアは開いた。

「やあ、元気かい？」

と言ってから、後悔した。

何しろ、内山啓一は、別人かと思えるほどやせて、やつれてしまっていたのだか

ら。

「母がお願いしたんですね？　わざわざ家までおいでいただいて、すみません」

「いや、これが仕事だからね。入っても？」

「どうぞ」

いかにも几帳面なホテルマンらしく、部屋はキチンと片付いていて、私は少し安堵した。

内山啓一は都内の一流ホテルに勤めて十年余り。常連客からも頼りにされている、優秀なホテルマンである。

その内山が、パタッと出勤して来なくなって一か月。そのホテルと契約しているカウンセラーの私に、内山の上司から心配だから診てやってほしいと依頼があった。

「お母さんも心配されてるようじゃないか。どんなことでもいい。話してみてくれ」

と、私は言った。

母一人、子一人の家庭。啓一は三十五歳で独身である。

「何か職場で問題が？」

「いえ、そうじゃないんです。仕事は好きですし、そりゃあ、少々のトラブルはありますが、それを解決するのも面白いです」

「すると、君がこうして引きこもってるのは――」

内山は深いため息をついて、壁の方へ目をやると、

「あのせいなんです」


「いや、今どきね……」

と、私はお茶をすすりながら、「びっくりですよ。恋わずらいなんて」

「まあ、あの子ったら……。女の子ともさっぱりお付合いがなくて、気にしてたんですけど……」

と、母親は少しホッとした様子で、「じゃ、その好きな相手の方とお付合いできればいいんですね」

「はあ……。ただ、そこが問題でしてね」

と、私は言った。

何しろ、内山の恋している相手は、部屋の壁に等身大のポスターの貼ってある人

気タレントの〈ナディア〉だというのだから。

内山の家を訪ねてから一週間がたった。

自分のクリニックにいた私へ、母親から電話がかかって来たのである。

「先生、今朝、啓一はいつも通りに出勤して行きました！」

母親の声は涙まじりだった。「ありがとうございました！」

「それは良かったですね」

私はホッとしていたが、何もしたわけではない。内山も少し自分の恋を客観的に眺められるようになったのかもしれない。

ただ、何となく気になって、私は内山の勤めるホテルへ電話を入れてみた。

「――出勤していない？　確かですか」

いささか不安になって来た私の耳に、

「ナディアがね……」

という言葉が耳に入って来た。

「おい、ナディアがどうかしたのか？」

と、私は秘書に声をかけた。

「え？　――ああ、今日ホテルMで〈婚約発表記者会見〉やるんですって。きっと大騒ぎですね。先生、ファンなんですか？」

それは内山の勤め先のホテルだった。

「出かけてくる」

と、私は立ち上った。


記者会見の会場は入り切れないほどの混雑で、ナディアの人気のほどが知れた。

そのスターに本気で恋した内山。――まさか、とは思うが、馬鹿な真似をしないでほしい……。

記者、リポーター、カメラマンが待つ中、ナディアが正面の席についた。

早くもカメラのフラッシュがまぶしいほど光る。

司会者の声はほとんど聞こえず、やがてナディアがマイクを手に取ると、

「私、このほど結婚することになりました……」

その時、私は内山の姿を会場の隅に見付けていた。――どうするつもりだろう。

「では、私の結婚相手を紹介します」

と、ナディアが続けた。「こっちへ来て。――このホテルに勤めている内山啓一さんです」

私は唖然として、ナディアの隣に座る内山を眺めていた……。


「どうしてちゃんと言わないんだ！」

私が文句を言うと、内山は当惑顔で、

「でも……恋をしてる、とお話ししましたけど」

「そりゃそうだが……。彼女の方だって、君を好きだったのなら、何も悩むことはないじゃないか」

内山の家の居間に、啓一とナディアがスンナリとおさまっていた。

「いえ、彼女のキャリアにとって、今が大切な時なのに、恋なんかしてていいんだろうか、って悩んでたんです」

「私、小さいころから啓一さんのことが、ずっと好きだったんです」

と、ナディアが言った。

やれやれ……。ハラハラしたこっちが大損した気分だ。

「まあ、びっくりね」

と、母親がお茶を出して、「これがあの和子(かずこ)ちゃんだなんて！」

「和子ちゃん？」

「私の本名、田中(たなか)和子っていいます。あんまり芸能人らしくないんで、ナディアって名に……」

――私としては、笑うしかなかった。

「でも、先生、どうしてあの会場にいらしたんですか？」

そう訊(き)かれて、怒るわけにもいかず、

「私もひそかにナディアに恋していたのかもしれないぜ」

と言って、お茶を飲んだのだった。

（初出・「三毛猫ホームズの事件簿」一一三号・二〇一三年）

シンデレラの誤算

「ああ！　――もう、やだ！」

思わず、そう声に出して、邦子(くにこ)はドレスのまま、広いベッドに引っくり返った。

こんなにくたびれるものだなんて……。

あのガラスの靴のシンデレラのお話には、「めでたく王子様と結婚しました」とはあっても、

「シンデレラは、結婚式とパーティで、くたびれてベッドに引っくり返りました」

とは書かれていない。

でも、現実には……。

シャンパンでの乾杯、ひっきりなしに紹介される招待客への挨拶(あいさつ)、彼の親戚に引き合わされての会話……。

パーティは三時間近くに及び、邦子はヘトヘトだった。

もちろん、幸せでなかったわけではない。週刊誌にも〈シンデレラ・ストーリー〉と紹介された結婚である。

〈ホテル王国〉と呼ばれる企業グループのトップ。その長男との結婚。

平凡なOLだった邦子にとって、金井哲也との出会いはごくありふれた、ホテルの部屋のダブルブッキングで——。哲也は、文句一つ言わずに、邦子と女友達に部屋を譲ってくれた。

もっとも、後でそのホテルも、哲也の父親がオーナーだったと知ったのだが……。

「ホテルで働いてる」

という哲也を、ただのホテルマンだとばかり思って付合っていた邦子は、プロポーズを受けたときにもらった指環のダイヤモンドの大きさに仰天し、初めて恋人がどういう人間か知ったのである。

後はもう——激流に押し流されるような日々。友人たちの祝福と妬みと……。

アッという間の三か月の後、今日の結婚式に辿り着いた。

ここは金井家の持つリゾートホテルの一つ。古風な洋館で、一階の大広間から幅の広い階段が二階へとカーブを描いている。

今、邦子は、ほぼ終りかけたパーティから脱け出して、二階のスイートルームに来て休んでいた。――哲也との初めての夜は、ここで過すことになっていた。

「ああ……。疲れた」

邦子は目を閉じた。

むろん、黙って上って来たわけではない。

さすがに笑顔がひきつって来た邦子を見て、哲也が、

「少し上に行って休んでおいでよ」

と言ってくれたのである。

ただ、パーティの終り近くに、金井家と親しい国会議員がやって来るらしく、

「そのときだけ、下りて来て挨拶してくれ。頼むよ」

と言われていた。

哲也は本当にいい人だ。――邦子は、正直いささか気がひけるくらいだった。

格別美人というわけでもなく（鏡くらい見る）、ビジネス能力に秀でているとも言えない自分が、どうして？

今日のパーティにも来ていた、親友の雅美が、

「不自然なところが、却ってありそうだね」

と言っていた通りだ。

雅美は高校時代からの友人で、何でも話せる。哲也を最初に紹介したのも雅美だった。

今、二階に上って来るとき、雅美には、

「適当に帰ってね」

と言っておいた。

雅美は、大学で建築工学を専攻していて、この洋館も興味深げに方々見て回っていた。

「何か秘密の出入口でもありそう？」

と、邦子が言うと、雅美は真面目な顔で肯いて、

「古い建物は、必ず何か秘密を抱えてるのよ」

と言っていた……。

邦子はフカフカの、キングサイズのベッドに横になっている内、当然のことなが

ら、いつしかウトウトしていた……。

静かにドアが開いた。

そっと入って来た人影はベッドの方へ近付いて来ると、眠っている邦子へと、そっと手を伸した……。

ベッドの傍（かたわら）のナイトテーブルで、電話が鳴った。

邦子は起き上って、受話器を上げた。

「はい」

「邦子、お客様だ」

と、哲也が言った。「急いで下りて来てくれ」

「分ったわ」

邦子はベッドから下りると、ちょっと息をつき、髪へ手をやってから、部屋を出た。

古い建物で、廊下は少し薄暗かった。

一階への広い階段へと、邦子は急いだ。

下の大広間は閑散としていた。

残っているのは、哲也と父親を始め、金井家の一族の人たちだけだった。

邦子は階段を下りて行って、途中から、

「お客様は？」

と訊いた。

邦子の声に、居並ぶ人たちは一斉にギョッとして彼女を見た。

「お客様はどちら？」

と、邦子は言いながら、大広間へ下りた。

「邦子……」

哲也は手にしたグラスを投げ出して、「良かった！　無事だったんだね！」

と駆け寄ろうとした。

「待って下さい」

と、声がした。

雅美が大広間の戸口に立っていた。

「君は……」

「邦子の親友です」

と、雅美は言った。「私、邦子に幸せになってほしかった。哲也さん、邦子は最後まであなたを信じようとしてたんですよ」

「何を言っとる！」

と、哲也の父親が言った。

「これですよ」

雅美は手に絡みつく細い糸を見せて、「ピアノ線です。階段の下り口に張ってあったのを、私が外したんです」

「雅美……」

「言った通りでしょ？　あなたは、急いで階段を下りようとして、このピアノ線に足を引っかけ、階段を転り落ちて、たぶん首の骨を折って死ぬことになってた」

雅美は哲也の方へ、「邦子に多額の保険をかけてたんでしょう？　今、この〈ホテル王国〉は破産寸前だから、当面をのり切るのにお金が必要だった」

「馬鹿な！」

と、金井は言ったが、

「私、この洋館の他の部屋を覗いて、ひどく荒れてることに気付いたんです。ケータイで知人に連絡して調べてもらいました。〈ホテル王国〉が経営破綻しかけてることは、もうその世界では有名なんですね」

と、雅美は言った。「今、その友人がこっちへ向っています。――邦子、どうする？　これは殺人未遂だわ」

哲也が床に座り込んで泣き出した。

「――もういいわ」

と、邦子は言って、ダイヤの指環を外すと、「これも支払い、してないんでしょ」

と、哲也の前に投げた。

「雅美、帰りましょ」

「分った」

外に車のクラクションが聞こえた。

邦子と雅美は洋館を出ると、ちょっと足を止めて振り返った。

「シンデレラのなりそこないか。みっともないなあ」

と、邦子は言った。

「王子様はまた見付かるわよ」

と、雅美が邦子の肩を叩いて、「もっと平凡な王子様がね」

（初出・「三毛猫ホームズの事件簿」一二〇号・二〇一五年）

●スペシャル収録作品

密室

1

「この依頼人は年寄りだね。そしてひどく何かにおびえている」

探偵はそう言うと、読み終えた手紙を私に差し出した。私は、いつに変らぬ彼の鋭い洞察力に感心しながら、手紙を受け取った。そこには、

「私はもう老人ですが、何者かに殺すと脅迫され、大変おびえております。どうか私を守っていただきたい」

とあり、今日訪問したい旨が述べられてあった。差出人の名に何となく聞き憶えがあるので、そう言うと、探偵はうなずき、

「僕もそう思っていたんだ。そこの紳士録を取ってくれないか。――ふむ。間口浩

平。間口薬局チェーン経営、か」

「それじゃ、あのTVのCMで『目標四百五十七店！』って叫んでる男かい？」

探偵はため息をつくと、

「相変わらず君の記憶力は救い難い粗雑さだね。あれは『目標、四百九十七店！』だよ」

「そうだったかな……。ま、ともかく金持らしいじゃないか」

「君！　金のことなど口にしないでくれたまえ。僕は金や名声のために仕事をするわけではないのだからね！」

「それは分ってるよ。そのおかげで、時々こうして封筒書きの内職をしなきゃいけないんだからね」

私はテーブルの上の封筒の山を指して、「でも、そろそろ片付けた方がいいんじゃないか？　依頼人が来るころだよ」

「なに、このままにしておくさ。きっと依頼人からの手紙の山だと思うだろう」

時間通りにやって来た依頼人、間口浩平は、もう七十歳をはるかに越している老人だった。TVで見た印象とあまり違うので、そう訊いてみると、あれは特別に若くメーキャップし、カツラをかぶって撮影したのだという答えだった。

「あんたが探偵さんかね？」

老人は探るような目つきで私を見た。

「いや探偵は彼の方です。僕は助手で――」

「それを聞いて安心した」

「どういう意味です？」

間口老人は、それには答えず、探偵の方へ向くと、

「あんたは優秀なんだろうね？　何しろ命がかかっとるんだ。腕のいい探偵でないと困る」

「ご心配なく」と探偵は胸を張った。「私も人間ですから、失敗が皆無（かいむ）とは言いません。まあ、成功率は九十九パーセントといったところです」

ちょっとサバを読んでるな、と私は微笑した。まあ大して違ってはいない。ほんの一桁（ひとけた）ぐらいだ……。

「この脅迫状が舞い込んで来たのじゃ」

間口老人が取り出したのは、新聞の文字を切り貼りして作った手紙で、

「老いてなお金に執着する醜い男よ！　×月×日の真夜中に、死がお前を訪れるであろう」

とあった。

「犯人に心当りは？」

老人は人を小馬鹿にするような笑いを浮かべて、

「わしは一代で今の財を成したのだ。敵などいくらでもいるわい」

「なるほど」

探偵は考え込んだ。「——ここには日時がはっきりと指定してありますな」

「明日じゃないか」

私が口をはさむと、探偵は冷ややかに、うなずいて、

「君もカレンダーの見方は知ってるようだね。——どうぞご心配なく。私が必ずあなたの命を守ってみせますよ。明日の夕方、お宅へ伺うことにしましょう」

「そう願おうか。ところで謝礼の件じゃが……」

「ああ！　そういった俗な件につきましてはこちらの助手に一切任せてありますので」

探偵は私の方に手を振って、自分は手近な本を取り上げた。私は、少しでも値切ろうとするがめつい依頼人を相手に押し問答のあげく、やっと妥当な額で手を打った。依頼人が帰ってしまうと、とたんに探偵は、私の交渉が下手(へた)だから安くたたかれるのだと文句を言い始めた。私も負けずに、二人がこうして食べていけるのは誰のおかげだ、とやり返し、口論は夜中まで続いた。

詳細については、とうていここに記すに忍びない。——ともかく、翌日の夕方、私たちは寝不足の目をこすりながら間口浩平の邸宅を訪れたのである。

2

ごてごてとした成金趣味の屋敷であった。応対に現われたのは、いかにも目端(めはし)のききそうな若い男で、間口老人の秘書だと名乗った。

「すると脅迫状を受け取ったのは君なんだね?」

と探偵は聞いた。

「はい。実はその件でお話ししたいことがあります」

秘書は言いにくそうに、「せっかく来ていただいて、こんなことは申し上げたくないのですが、あなた方をわずらわす必要はないと思いますので、お引き取り願えませんでしょうか？」

私たちは顔を見合せた。

「それはどういう意味かね。君は間口さんが殺されても構わんと言うのか？」

「いいえ、とんでもない。もし本当に社長が危いと思えば、私だってこんなことは言いません」

「では、君はあの脅迫状を本気に取っていないのだね？　なぜだ？」

「なぜなら、あんな手紙は年中受け取っているからです」

「年中？　――あれが初めてじゃないのか？」

「もう今までに五、六十通にはなるでしょう」

「しかし、間口さんはそんなことは少しも――」

「当然ですよ。私が見せないようにしていたのですから。――何しろ社長はご存知の通りの強引な商法でのし上った人です。陰には社長のせいで倒産した会社やつぶれた店も数え切れません。そういった手合から、『殺してやる』といった手紙や電話は年中のことなんです。私は秘書として、それをいちいち社長にはお知らせせず、自分のところで処置するようにしています。つまり握りつぶしてしまうわけです。ところが、今度の手紙に限って、新聞の間にはさまっていたのを見落としてしまい、社長の目に止ったという次第で」

秘書はひと息入れて、「――お分りでしょう。社長にとってはあれが初めて見る脅迫状なので、すっかり震え上っているのですが、ただのいやがらせなんですよ」

私は探偵の深刻な顔を見て、二人とも同じことを考えているのが分った。色々滞っていた支払いを、この事件の収入でやっと片付けられる、と喜んでいたのだ。ここで引きさがる手はない。

「残念ながら、君の意見には同意しかねるね」

と探偵は言った。「確かに同様の脅迫状は他に何十通もあったかもしれん。しかし、私の豊富な経験が、今度の手紙には何か邪悪なものが潜んでいることを教えているのだ。つまり勘だ。第六感というやつだな、うん」

探偵のあいまいな説明で秘書が納得したとは思えなかったが、ちょうどそこへ当の間口老人が入って来て、秘書は部屋を出て行った。

「――で、どういう手を打つつもりかね？」

間口老人は、高価な葉巻をくわえながら聞いた。こっちにも一本くれるかと期待したが、むなしかった。

「そうですな、手紙には今日の真夜中、とありますが、一応夜明けまでは警戒が必要でしょう。私と助手が部屋の外で寝ずの番をします」

「結構」

「ところで、あなたの部屋には窓がありますか？」

「もちろんだ」

「それは危険だ！　敵はどんな方法で襲って来るかもしれないのです。出入口は一箇所だけの方が見張るのも楽だし、危険も減ります。不便でしょうが今夜一晩だけ、どこか別の部屋でやすんでいただけませんか？」

「それは構わんが、どこがいいかな……。そうだ。地下に、以前物置にしていた小さな部屋がある。今は何も置いておらんはずだ。あそこならドア一つで窓も何もない」

「それはいい！　後でゆっくり拝見しましょう」

「秘書に案内させよう。ではわしは夕食にする。――君たちはもう済ませたんじゃろうね」

私と探偵は顔を見合せた。夕食ぐらい当然出してくれるものと思って、実のところ腹ぺこの状態でやって来たのである。

「むろんです」

と探偵は平然とした風を装って、「——しかし用心の上にも用心が必要です。夕食に毒が入っていないとは言い切れません。私が毒味を引き受けましょう」

私は探偵をにらみつけた。向うもさすがに気がとがめたのか、部屋を出るとき、そっと顔を寄せて来て、ささやいた。

「何とか君の分も確保するように努力するからさ、そう怒るなよ」

3

「全く、あんなケチなじいさん見たことないぜ！」

探偵はぼやいた。「毒味だからって、スープも何も、ほんの一口しかよこさないんだ」

「それでも、少しは口に入ったんだから、いいじゃないか。僕なんか腹ぺこのままで、ここまで寝台（しんだい）を運ばされたんだからな」

「まあ落ち着けよ。礼金を受け取ったら、たっぷりうまいものを食べよう。それにほら」

探偵はポケットから、食べかけのロールパンを取り出した。「こいつを君のためにくすねて来たよ」

無味乾燥なパンをわびしい思いでかじっている間、探偵は部屋の中を調べていた。調べるといっても、その地下室は、老人の一人用寝台を入れると部屋の半分ほども埋ってしまう狭苦しさだ。天井から裸電球が一つ下っているきりで、他には何もない。床も壁も、のっぺらとしたコンクリートだ。確かに何日もここに入れられて我慢していられるのは、荷物ぐらいのものだろう。

「これなら大丈夫だな」

探偵も満足顔だった。「これで礼金はもらったも同然だ。後は今夜一晩、眠気をこらえていればいい」

そうこうするうちに、間口老人がナイトガウンを着てやって来た。手に雑誌と、ウイスキーのボトルを持っている。

「やあ、ご苦労さん。わしはそろそろ寝るよ。後は頼んだぞ」

「その雑誌とウイスキーは？」

「毎晩の習慣でな。こいつがないと眠れんのじゃ」

「念のためです。ちょっと拝見」

探偵は雑誌をパラパラめくって見て、それからまた「毒味」と称してウイスキーを一口やった。

「いいウイスキーですな。——では、どうぞ安心しておやすみなさい」

間口老人が部屋へ入ると、探偵はドアを閉めて鍵をかけた。ドアも非常にがん丈な造りで、ちょっとぐらいの力ではびくともしない。シャーロック・ホームズの「まだらの紐（ひも）」の事件では毒蛇が被害者の寝室へ忍び込む。シャーロック・ホームズの大ファンである探偵は、そんなすき間がないかとドアの前で床にはいつくばったが、ドアの上下とも、蛇どころか、アリの這い出るすき間もないほど、ぴったりとしていた。

「さて、後は夜が明けるのを待つばかりだ」

探偵は言った。——私たちは椅子を持って来てドアの両側にそれぞれ座った。

何もすることがない一夜というのが、そんなに長いものだとは、想像もしていなかった。椅子に落ち着いて三十分としないうちに眠気がさして来て、その度に頭を振ってすっきりさせるのだが、それも長続きしない。仕方なく椅子から立ち上って、その辺を歩き回る。

探偵は、と見れば、何のことはない。すっかり寝入ってしまっているのだ。私もしばらくはがんばったが、そのうち、立っていても頭はもうろうとして、半ば眠っている状態となり、歩いているつもりが、気が付くと床に寝て足を動かしている始末。ついにあきらめ、椅子に座って目を閉じるなり、そのまま眠りに落ちてしまった。

私は体を揺さぶられて、目を覚ました。

「おい、もう朝だよ」

探偵がニヤニヤしながら私の顔をのぞき込んでいる。

「やれやれ」

と私はのびをした。「やっと終ったか」

「全く長い夜だったたな」

と探偵は居眠りしていたことなど忘れたようにうなずいた。「さて、われらが雇い主の無事を確かめようじゃないか。何も起るはずはないがね」

探偵は鍵をあけ、ノックしてからドアを開いた。——私たちは、しばしあぜんとして、入口で立ちすくんだ。間口老人はベッドの上に横たわっていたがその顔は苦もんにゆがみ口をやや開いたまま、明らかにこときれている。

「なんてことだ!」

探偵は叫んだ。「あれほど注意深く調べたのに!」

「本当に死んでるのかい?」

「ああ、確かだ」

探偵は老人の体をざっと調べて、「外傷はないようだ。するとあのウイスキーか」

「君も飲んだじゃないか」

「そうだ。——しかし、ともかく犯人は何かの方法で目的を達したのだよ。僕の目の前でだ!」

やがて医者が駆けつけて来た。老人の死体を調べ終ると、医者は私たちから昨夜の事情を聞いてうなずいた。

「なるほど。それで分りました」

「先生、一体、被害者はどんな毒を飲まされたのです？」

「毒？」

医者はけげんな顔で、「毒なんか飲んでいませんよ」

今度は探偵が驚く番だった。

「では、死因は何だったのですか？」

医者は狭い室内を見回して、言った。

「――窒息です」


（初出・「相鉄瓦版」第六号・一九七八年一月二五日）

怪しい花婿

花嫁は、何だか浮かない顔をしていた。

それ自体は、珍しいことではない。世の中、何の心配もなしに結婚する花嫁ばかりではないし、それに結婚までの日々というのはくたびれるものだ。

「元気出しなさいよ」

と、私は言った。「何をため息ついてるの？　本当だったら、私の方がよっぽどため息つきたいわ。三年も後輩の子に先を越されるなんて」

花嫁は私と同郷の、大学での後輩で、母親が具合悪く、式に出られないというので、面倒見のいい（と自分で言うのも変だが）私が、代りに花嫁に付添っているのである。

控室には、まだ少し時間が早いせいで、私と、ウエディングドレスの着付を終えた花嫁の二人しかいなかった。

「どうしたの？　お腹空いた？　何か買って来ようか」

「そんなんじゃないです」

と、花嫁は少々心外という表情で私を見た。

「じゃあ、昨日になって、急にいい男でも見付けた？　安心しなさい。私が引き受けたげるから」

「先輩……」

と、花嫁が頭のヴェールをそっと外すと、「どこか違うんです」

「何が？」

「あの人の様子が……。さっき、下で待ち合せてて。――いつもなら、遠くからでも、あの人が来るのが分ります。歩き方とか、姿勢とか、何となく分るもんでしょ、親しい人って。でも、私、さっきは全然気が付かなかったんです、彼がすぐそばに来るまで」

「そりゃ、式の当日だもん。緊張してたんじゃない？」

「そうでしょうか。でも、これ、お正月の朝に、私のアパートでとった写真なんですけど、フィルム、ずっとカメラに入ってて。やっとできたわよって、さっきあの人に見せたんです。でも、大して関心ないみたいで。いつもなら、あの人、写真うつりを凄く気にするのに」

と、二人でとった写真を手に、本気で心配している様子。

「じゃ、何だっていうの？　よく似た赤の他人が、たまたまあんたとそっくりの女の子と今日、ここで結婚することになってるとでも？」

もちろん、私はジョークのつもりでそう言ったのだが、花嫁のほうはニコリともせず、じっと真剣な目つきでこっちを見つめながら言った。

「そうかもしれませんね」

馬鹿らしい！

いくら何でも、そんなことがあるわけない。——そうは思っても、花嫁から涙ながらに、

「一生のお願いですから」

と頼まれると、いやとも言えないのが、私の性格で……。

控室を出て、さて問題の花婿さんはどこかな、と見回していると、いきなりギュッと腕をつかまれた。

「何を——」

と、振り向くと、どうもこういう華やかな結婚式場にふさわしいとは思えない、地味な——あえて言えばパッとしない中年男。

「ちょっと話がある」

と、その男は言って、ポケットから能率手帳を出した。「いかん！　間違えた」

と真赤になって、今度は警察手帳を出す。

何となく、調子の狂うおじさんであった……。

「——いいんですか、勤務中にビール飲んで」

「いいんだ」

と、ロビーのラウンジで、その刑事は言った。「刑事だと思われないための作戦だ」

むだだと思いますけどね、と言いかけて、私はやめておいた。刑事につかまれた右腕がまだ痛い。

「——じゃ、あの子が結婚しようとしてるのが、指名手配中の犯人だと言うんですか」

「それが分れば苦労はない」

と、刑事は勝手なことを言った。「君の娘の花婿には、双子の兄がいる」

「娘じゃありません！　後輩です！」

私はかみつきそうな声を出した。

「そうか。母親にしちゃ、いやに若いと思った」

「当り前でしょ。――で、その兄が？」

「今日ここへ現われるという情報があってね。何人も人を傷つけている凶悪犯なんだ。しかも、その花婿になる弟とそっくりだという。二人とも小さいころ別れて、ずっと会っていないそうだが、そいつを知っている男が、弟の方を見て、似ているので仰天したらしい。うまく弟になりすまして、当面ここから逃げ出すつもりかもしれない。それに、もう隠れ場所がなくて焦っているはずなんだ」

「じゃあ……本当に入れかわっているかも？」

私は急に心配になって来た。「実は、花嫁が不安がってるんです」

私の話に、刑事は身をのり出した。

「それは怪しい！　すると、もう入れかわってしまったのかな。しかし——何か見分ける手がかりがあるのか」

「写真を一枚、預かってます。あの子のアパートで、このお正月にとったとか」

私は、花嫁がさっき見ていた写真をとり出した。小さなアパートで、コタツに入っている恋人同士という図。彼氏の方はツイードの上着、髪をオールバックにした、ちょっとキザな男で、ミカンの皮をむいているところだった。二人の後ろには、彼女好みの可愛い食器戸棚があって、その上には、私が彼女の就職祝いに贈ったデジタル時計。〈01:01〉になっている。

「セルフタイマーでとった二人の写真です。でも、顔がそっくりなんじゃやねえ……」

「うむ。——これだけで、花婿が本人かどうか見分けるのは、むずかしいな」

と、刑事は顎(あご)をさすった。「この男、左ききか」

「本当だ。左手でミカンの皮をむいてますね」

「これが手がかりになるかもしれないな」

と、刑事は言った。「兄の方が、左ききだとは、聞いたことがない」

「でも、それじゃ、花婿の正体を暴くのには不充分でしょう。それに、もっと大勢、警官とか張り込ませりゃいいじゃないですか」

「警察にも予算というものがある。このビール代も自分で払うんだ」

「そんなことでいばらないで下さい」

と、私は言ってやった。

「ともかく君、花婿の様子によく気を付けていてくれ。私では目に付く」

「どうして私がそんな……」

と、少々むくれて、「後でちゃんと見返りがあるんですか？」

「うむ」

刑事はちょっと考えて、「ビールを一杯おごる。――警察の費用で」

と言った。

とりあえず、私は刑事と一緒に、控室に戻った。

「目に付きますよ。早く入って。――ね、今、この刑事さんが――」

と言いかけて、私は立ちすくんだ。

花嫁は、床に倒れて、動かなかった……。

「――首を絞められてるが、何とか命はとりとめるらしい」

と、刑事が言った。

「良かった!」

私は、思わず胸に手を当てた。

もちろん結婚式どころじゃない。――花婿花嫁、どちらも「友人だけ」を招んだ式だが、みんな足どめを食ってしまっている。

私は、現場を眺めながら、

「犯人は、その兄でしょうね」

と言った。

「まず間違いないな」

と、刑事が首を振って、「ここへやって来て、花嫁に別人と気付かれ、首を絞めた」

「じゃ、やっぱり、兄が花婿と入れかわってるんでしょうか」

「しかし、全く同じ顔だ。花嫁が、相手に双子の兄がいると知らなければ、多少おかしな格好をしていても中へ入れるだろう」

「そうですね」

「弟とすりかわっても、花嫁には当然気付かれると思って、先にやってしまったのかもしれん」

「兄弟といっても、指紋とか、違うんでしょう？」

「残念ながら、指紋の記録はない」

「じゃあ——この写真しかないわけですね」

と、私は、花嫁から預かった写真をとり出した。

ドアが開いて、深刻な表情の花婿が入って来た。

「とんでもないことになって」

彼はタキシード姿のまま、控室へ上って来た。「犯人は、本当に兄なんですか？　許せない！」

もし、当人がその「兄」の方だとしたら、大した役者である。

「君、ちょっと上着を脱いでみてくれないか」

と、刑事が言った。

「はあ……」

不思議そうな顔で脱いだタキシードを、刑事がていねいに調べている。花嫁ともみ合って、破れたりしていないか、見ているのだろう。

私は、ふと思い付いて、

「すみませんけど、住所と電話を、メモしてもらえます？」

と、頼んだ。

「ええ」

花婿は、小さな化粧机に向うと、メモ用紙に左手で書きつけた。——やはり、こっちは本物の花婿か。

「汚ない字ですみません」

とメモをよこすと、刑事が返してくれた上着を着た。

「彼女のことが心配で。——病院へ行ってもいいですか」

「ああ」

と、刑事は肯いた。

花婿は上着のボタンをとめ、オールバックの髪をちょっと直すと、出て行こうとした。

私はハッと息をのんだ。もう一度、あの写真を見直して、

「待って！」

と、叫ぶように言った。「この男が兄の方よ！　犯人だわ！」

「何を言うんです？」

と、花婿は憤然として言った。

「おい、どういうことだ？」

と、刑事が私と花婿を交互に見ている。

「この写真。――見て下さい。男は左手でミカンの皮をむいてる」

「ああ、それがどうした？」

「今、この人はメモを左手で書きました。左ききなら、当然ですけどね」

「それがどこかおかしいのか？」

「今、気が付いたんです。――本物の花婿は左ききじゃなかったってことに」

と私は言った。

「写真の中のデジタル時計を見て下さい。〈01:01〉になってます。でも、彼女はこれは『正月の朝』にとった、と言いました。一時一分じゃ、午前でも午後でも、『朝』と

は言えません。分りますか？　この写真、裏焼きされてるんです。実際の時刻は、〈10:10〉。朝の十時十分だったんです。つまり、本当は、右手でミカンをむいていた。それを、この男はこの写真を見て、てっきり弟が左ききだと思って、わざと左手でメモをしたんです。下手な字になるのも当然ね。右ききの人が左手で書けば」

「――畜生！」

逃げ出す花婿。追う刑事。

私？　もちろん、そこまでは手伝わなかった。

もう充分に、ビール一杯分の働きはしたはずだもの。ねえ？

ところで、本当の花婿は、結婚式場の機械室で縛られて気を失っているのを発見された。元気になった花嫁と、改めて式を挙げることになったのは、言うまでもない。

もちろん、私はまた付添をやることになったわけだが、披露宴にはあの刑事も招んでおいた。なぜって、約束のビールを、まだおごってもらっていないからである……。

（初出・「讀賣新聞」・一九九二年二月二三日、同年三月二九日）

解説

山前(やままえ)譲(ゆずる)
（推理小説研究家）

「リエちゃん」はレストランでウェイトレスとして働いている。その日、午後の三時半を少し回ったところで客は三人だった。顔なじみの中年男性、買い物帰りという様子のおばさん、いかにも人当たりのいいセールスマン風の男性——。

「リエちゃん」は店の表の、ランチメニューを外しに出た。すると何だか変な声が聞こえる。少し先の郵便ポストのかげに、具合の悪そうな男がうずくまっていた。刑事だと言い、尾行してきて体調を急に崩したと言うのである。

彼は「リエちゃん」に言う。店の中の三人の中に、手配中の凶悪犯がいる。警官を呼んで、引き渡してやってくれ。でも、警官が来る前にその凶悪犯が店を出ていったら？　そもそも誰が凶悪犯？　こうして「リエちゃん」の推理が始まる——。

この「熱すぎたおしぼり」を最初として、赤川次郎氏のショートショートを二十七作収録した本書は、題して『あざやかな結末　「謎（ミステリー）」3分間劇場①』です。

一九八五年に発足した赤川次郎ファン・クラブ「三毛猫ホームズと仲間たち」の会誌（季刊）には、じつに嬉しい連載企画として、毎号、四百字詰め原稿用紙にして約十枚の、赤川氏のショートショートが掲載されてきました。

塵（ちり）も積もれば山となる、とでも言いましょうか、それらはすでに『散歩道』、『間奏曲』、『指定席』、『招待状』の四冊にまとめられて光文社から刊行されています。〈「謎（ミステリー）」3分間劇場〉はそこからテーマを決めて作品をセレクトし、三冊に再編したものです。

その一冊目の本書は〈あざやかな結末〉がテーマです。

一九八三年刊の赤川氏のエッセイ集『ぼくのミステリ作法』（短編も四作収録されています）の「最初の一行、終りのひと言」と題された章には、〝作家にとって一番頭をひねるのが、書き出しの一行であることは言うまでもありません〟とあります。そして、〝ところで、終り方というのが、これは書き始めとは違った意味で難しいものです〟とも書かれています。

それに続いて、

よく、読者から、「ユーモアミステリーと思って楽しく読んでいたのに、結末が暗くて後味が悪い」と言われることがある。これには返事のしようがなくて困ります。受け取り方は人さまざまですから、その読者に合せて結末を書き直すわけにもいかない。

これは一つには、「ユーモアミステリー」というレッテルを貼りたがる出版社のせいでもあります。大体、今から自分が書こうとしているのは、どういうジャンルの小説に入るのか、といったことを考えて書くことはありません。ただ単純に「こういう話を書きたい」という気持ちのみであります。

と、自身の創作姿勢を語っていました。

一九七六年に「幽霊列車」でデビューしてからしばらくのあいだ、日本のミステリー界には珍しいユーモアミステリーの書き手として注目された、赤川氏ならではのエピソードと言えるでしょう。

しかし、考えてみれば、読者の予想を裏切るような結末を迎えたのなら、驚きという魅力的なスパイスが最後の最後にその作品に加わったことになります。これも小説を読む醍醐味（だいごみ）ではないでしょうか。

そして本書です。タイトルにもあるように、どの作品にもそれまでの物語が反転してしまうような、あるいはそれこそ読者の予想を裏切るような〈結末〉が待っています。長編や短編よりも凝縮された物語が展開されるショートショートのほうが、〈結末〉のスパイスはより鮮烈に印象づけられるはずです。

「熱すぎたおしぼり」は本書のなかでは一番オーソドックスな謎解きです。その推理の根拠があざやかな〈結末〉へと導いていきます。

ミステリー界で一番印象に残る〈結末〉のひとつに、本格推理の世界に燦然（さんぜん）と輝くアメリカ人作家の長編があります。なにせ最後の一行で真犯人の名が明かされる！　ですから興（きょう）を削（そ）ぐので具体的な作品名をここには記（しる）しませんが、ミステリー作家たちが〈結末〉にさまざまな趣向を織り込んできたのは間違いありません。

本書にはほかにも犯罪や悪意が絡んだショートショートが多く収録されていますが、その〈結末〉はバラエティに富（と）んでいます。

空巣（あきす）のとんだ失敗の「開けっぱなしの引出し」、これぞまさに意外な真相と言いたい「終らない課題」、デパートのアナウンスに秘められた過去がある「館内アナウンス」、これまた泥棒の失敗談の「二階の住人」、小学生のアンケートの答えが謎解き心をそそる「老後を考える小学生」、恋愛感情の綾を描いた「頷くだけの新入社員」、まさかそんなことでと思ってしまう「月末の仕事」と、あざやかな〈結末〉がさまざまなのは明らかです。

「引っ越しは大忙し」のユーモラスな展開はつい笑ってしまうのではないでしょうか。「ラストオーダー」の緊張感とどんでん返しはまさにこれぞミステリーです。「開かない箱」は、宝石店に入った泥棒に同情してしまうかもしれません。「シンデレラの誤算」はもっと長い物語にできそうな濃密な展開です。善か悪か。正反対に触れながらあざやかな〈結末〉を迎えるのでした。

これが「一円玉の逆襲」となると、非現実的な出来事の真相となっています。ホラー風味が漂う「食べたい」、人の心を弄(もてあそ)ぶ「日替りメニュー」や「会話」、ひょんなことから別人に成り代わった男の悲劇である「名前を盗む男」と、あざやかな〈結末〉への収束の妙を楽しめます。

父娘の微妙な関係を描いた「ひな祭り騒動」、サラリーマン同士の微妙な関係の

「嘘の発端」、思わずニヤリとしてしまう「おばあちゃんの逆しゅう」、こちらは母娘の微妙な関係の「お母さんの卒業式」、寝苦しい夜にピッタリの「眠れぬ熱帯夜」は日常生活のなかのあざやかな〈結末〉です。

夏のエピソードのその後である「夏のアルバイト」、怖い話なのに最後には思わず吹き出してしまう「クラス替え」、落語にちょっと似た話がある「テレビの中の恋人」——物語の〈結末〉には色々なパターンがあると赤川作品で知ることになるでしょう。

そしてラストにはミステリーらしいスペシャル収録作品、「密室」と「怪しい花婿」が待っています。

日本のお家芸と言われている体操競技は、テレビのオリンピック中継などでよく目にします。その素晴らしい技の数々には驚くばかりですが、正直なところその採点基準は素人にはよく分かりません。技の難易度はなんとなく分かります。しかし、細かな点数の違いは解説を聞いてもなかなか理解できません。

ただ、素人でも確実に評価できるのは、跳馬や床運動、あるいは鉄棒といった種目での着地です。両足をピタッと揃え、背筋を伸ばし、両腕を横にスッと伸ばす

――誰が見てもあざやかとしか言いようがありません。

そんな素晴らしい体操の演技同様、本書に収録されたそれぞれの作品の着地はあざやかに決まっています。

「三毛猫ホームズと仲間たち」の会誌に発表されたショートショートをテーマによってまとめたシリーズは、『心あたたまる物語「謎（ミステリー）」3分間劇場②』、そして『奇妙な日常「謎（ミステリー）」3分間劇場③』と続きます。

光文社文庫

光文社

ショートショート・ベスト選集
あざやかな結末　「謎」3分間劇場①

著者　赤川次郎

2025年3月20日　初版1刷発行
2025年6月15日　2刷発行

発行者　三宅貴久
印刷　新藤慶昌堂
製本　ナショナル製本

発行所　株式会社　光文社
〒112-8011　東京都文京区音羽1-16-6
電話　(03)5395-8147　編集部
8116　書籍販売部
8125　制作部

ISBN978-4-334-10578-5　Printed in Japan

組版　萩原印刷

真珠色のコーヒーカップ〈33歳の春〉
桜色のハーフコート〈34歳の秋〉
萌黄色のハンカチーフ〈35歳の春〉
柿色のベビーベッド〈36歳の秋〉
コバルトブルーのパンフレット〈37歳の夏〉
菫色のハンドバッグ〈38歳の冬〉
オレンジ色のステッキ〈39歳の秋〉
新緑色のスクールバス〈40歳の冬〉
肌色のポートレート〈41歳の秋〉
えんじ色のカーテン〈42歳の冬〉
栗色のスカーフ〈43歳の秋〉
牡丹色のウエストポーチ〈44歳の春〉
灰色のパラダイス〈45歳の冬〉
黄緑のネームプレート〈46歳の秋〉
焦茶色のナイトガウン〈47歳の冬〉
狐色のマフラー〈48歳の秋〉
セピア色の回想録〈49歳の春〉
向日葵色のフリーウェイ〈50歳の夏〉
珈琲色のテーブルクロス〈51歳の冬〉
爽香読本 改訂版 夢色のガイドブック ——杉原爽香、二十七年の軌跡

赤川次郎ファン・クラブ

三毛猫ホームズと仲間たち

入会のご案内

会員特典

★会誌「三毛猫ホームズの事件簿」（年４回発行）
会誌の内容は、会員だけが読めるショートショート（肉筆原稿を掲載）、赤川先生の近況報告、先生への質問コーナーなど盛りだくさん。

★ファンの集いを開催
毎年、ファンの集いを開催。記念写真の撮影、サイン会など、先生と直接お話しできる数少ない機会です。

★「赤川次郎全作品リスト」
600冊を超える著作を検索できる目録を毎年７月に更新。ファン必携のリストです。

ご入会希望の方は、必ず封書で、〒、住所、氏名を明記の上、110円切手１枚を同封し、下記までお送りください。（個人情報は、規定により本来の目的以外に使用せず大切に扱わせていただきます）

〒112-8011
東京都文京区音羽 1-16-6
(株)光文社　文芸編集部内
「赤川次郎Ｆ・Ｃに入りたい」係